GET A WAY

逃 离

冯积岐 著

陕西出版传媒集团

太白文艺出版社

图书在版编目（CIP）数据

逃离 / 冯积岐著.—西安：太白文艺出版社，
2013.8
ISBN 978-7-5513-0575-4

Ⅰ.①逃… Ⅱ.①冯… Ⅲ.①长篇小说—中国—当代
Ⅳ.①I247.5

中国版本图书馆CIP数据核字（2013）第198401号

逃离

作　　者	冯积岐	
责任编辑	韩霁虹　闫　瑛　马凤霞	
整体设计	高　薇　史绪珺	
出版发行	陕 西 出 版 传 媒 集 团	
	太白文艺出版社	
	（西安北大街147号　710003）	
	E-mail:tbyx802@163.com	
	tbwyzbb@163.com	
经　　销	陕西新华发行集团有限责任公司	
印　　刷	陕西博文印务有限责任公司	
开　　本	889毫米×1194毫米　1/32	
字　　数	171千字	
印　　张	7.5	
版　　次	2013年10月第2版第4次印刷	
书　　号	ISBN 978-7-5513-0575-4	
定　　价	28.00元	

目录

第一章　阵痛之前
(1989 年 9 月 23 日)

1　牛天星

南兰迈着轻盈而玲珑的步子走在我的前面。我丢下她那富有弹性的脊背，目光爬上白皙的脖颈从南兰的头顶上仰视而过：对面山头上的松树挂在褐灰色的岩石上，凝重的老绿色没有变，比20年前更老练更深沉了。我气喘吁吁地向山顶上爬去，已经落进了山凹之中的太阳似乎是气喘吁吁地向上挣扎。山顶上清爽的空气中有一缕淡淡的铁锈味儿。草是红的，岩石是红的，苍翠的松树上也披着星星点点的红颜色，落日最后的绚丽在山顶上展示得清晰无比。我看见，松树的根就扎在岩石中，铁面无情的岩石仿佛被树根钻开了一条缝。从山顶上下来，粮子老汉正在院畔收拾山犁，他大约看见我爬上了山顶，疑惑不解地问道，山顶上有什么看头？我没有给粮子老汉直说我不相信岩石中没有一点儿黄土

1

竟然会长出松树来，我笑了笑，收藏了我的疑虑，淡淡地说，上去看看景致。"当当"两声，粮子老汉将犁铧在山犁上有分寸地碰了两下，算是对我那可笑行为的回答。我不再怀疑树木生长的真实性——它们就是生长在岩石上，生长在这样的环境中。我凝视着那些岿然不动、神态从容的松树，由衷地感叹和20年前的不期而遇。这些松树携带了20年的时光一点儿也不显老，它们身后的日子长着呢。南兰像紧抱着她的生命似的紧抱着那个简单的画板。她突然产生了写生的欲望，叫我去看她素描山里的仲秋和秋收秋种的农民。三个多月了，南兰只画了几张画，她的心思没在作画上，那几张缺少激情的画面上游走着她易变的心境。

"山里的秋天就是美！"南兰的赞叹中免不了含有印刷品的味儿。

"美什么美？"我说。

"就是美，比你们省城里美。"南兰坚定地说。

在我看来，她是个未谙世事的小姑娘，她用清纯得近乎透明的目光审度、过滤她所目击和感觉到的事物，而且将它付诸语言，无所保留。因此她有足够的理由忽略我的烦躁、苦闷和心中的空空荡荡。

"你不去？"南兰的眼神紧逼着我。

"去。咋能不去呢？"

我们走出了茅草味儿浓郁的草房。南兰挽住我，脑袋偏过来倚在我的臂膀上。白花花的小路探头探脑地从院畔钻过去溜进了勾挂牵连的草丛之中。路面太窄，不可容忍两个并排行走着的人，我们只好分开手，一前一后地行走在生硬的山路上。南兰赌气似的和不容纳我们相依相偎的小路较量，她的双脚踏进了乱草之中又挽住了我。

"哎哟!"

南兰夸张地叫了一声,手臂从挽住我的胳膊上脱落了。

"咋啦?"

"狗咬了我一口!"

南兰抚摸自己的脚踝。她大约被藏在乱草中的枣刺刺着了。我要看刺得严重不严重,她不叫我看。

"你看你,走在路上得提防着。"我说,"路上满是狗,小心再咬你。"

"它敢?"

南兰举起画板在路旁的茅草上扑打,那样子,完全是一个小孩子的做派。

孩子,你真是个孩子,南兰。

谁是你的孩子?

你,南兰。你是我的小姑娘。

我才不是,我永远不做你的小姑娘;永、远、不、做。

房间里的光线柔和而细腻,南兰一只手托住下巴,胳膊支在桌子上,不眨眼地看着我。我从她的目光中捕捉到的是单纯、热情、真切以及和年龄不相配的冲动。她坐在那儿看人的姿势比她的年龄还稚嫩。

第一次收到南兰的信,她称我牛老师,书信的语气、书信的内容和书信中逸散出来的情感恰如其分地圊于老师和学生之间。从以后的每一封来信中我都能看见有一座尊敬的冰山晶莹透亮地竖立在我和南兰之间,透过这座冰山我恍然窥视到一个16岁的女孩儿朝大她将近20岁的男人的情感世界和精神领域尊敬地注目。我眼睁睁地看着那座理智的冰山渐渐地消融,垮掉,直至荡然无存。原来,这座看似坚硬如铁的冰山只不过是我和南兰遮掩彼此的屏障，薄如丝绢的屏障。先是把牛老师悄悄地换成了天星老师。后来，老师不见了，只剩下了天星。再后来，称呼只变成了一颗："星"。我是在南兰17岁生日过后作为一颗"星"落进她那纯洁无瑕的心目中的。你必须承认，是你默认、接受了从老师到"星"的演变过程；你必须承认，南兰的情感变化正是你所需要的效果；你必须承认，这是和你老练的影响、诱导分不开的。你妄图用语言混淆她的情感以掩饰你的欲望，其实，你的目的早已赤条条地站立在南兰跟前了：我的小女儿（看似用伦理拒绝），我的学生（看似用冰山遮挡），我的朋友（看似合乎常情的忘年之交），我的精神上的小情人（只停留在精神上是小心翼翼地试探）。你就是这样把各种人际关系糅合在一块儿压在了她身上。信发出去后，你忐忑不安，你大概觉得，16岁的小女孩的情感世界是变化无常的，她们内心常常隐伏着一种过于天真过于单纯和许多即兴的、易生易灭的想法，或者叫做游戏，或者叫做恶作剧。你猜测，后果不外乎两种：或者被南兰用孩子的语言毫不留情地骂一顿，或者是"星"和"兰"默契的会合（当然，这是最理想的）。为了挽救你自己，你给南兰寄了一本《毕加索传》，你在信中给南兰说，你是学画画儿的，读一读大师的传记对你作画是有好处的。你故意明确地暗示南兰：你不是吉纳维夫·拉波特（17岁的中学生，后来爱上了大她近50岁的毕加索），我不是毕加索。你焦灼地等待南兰给你的回信。你挨过去了好几天，终于拿到了南兰从凤山县高中寄来的信，拆信时，你的手臂不由得颤抖着，心跳加速得难以按捺。展开信，你的眼睛发亮了：星，我就是吉纳维夫·拉波特，你就是毕加索。南兰的声音平静、认真、一丝不苟的，没有游戏的意味。她的一句话挽救了你。你捏着信闭上了眼睛，让眼前出现短暂的黑暗，头脑里什么也不装，一颗不安的心平稳地安置下来了。因为你的精神和肉体还是不好握手言和，还是在相互对抗之中，所以，你迟迟不能进入南兰的肉体，使她成为你需要的情人。你总想用双手稳住你左右摇摆的精神，劝慰它，让它就范，可是，你的精神不安分，一松手，就向肉体反戈一击。精神的活跃使你陷入了两难的泥淖。

南兰那条乌黑发亮的毛辫子轻柔地摆动着，随着小路上坑坑洼洼的增加，摆动的幅度在变化。我恍然看见南兰的长毛辫子变成了一只毛毛虫，爬到了她的衣服下面，穿透了她的脊背，穿透了她的肌肉、骨头、血液和神经，咬住了她的心脏……我真有点担心！

"哎哟！"南兰惊讶地叫了一声，"蛇！"

南兰猛扑过来紧紧地抱住了我，脸上的表情陡然变得惊恐不安，已显丰满的躯体在我的怀抱中显得纤弱而瘦小。她被吓住了，她用对我的搂抱表示需要我的呵护。她的胸脯紧紧地贴住我的胸脯。她微微地战栗着。她哈在我脖颈上的气息也在战栗和浮游。我垂下眼看着她的满头秀发，看着她抱着我的手臂。我的一只手在她的长辫子上抚摸，她的长辫子像她的呼吸一样不太平静。我在心中默许过，要呵护她的精神呵护她的肉体。我要竭力保护一个少女的贞洁。我当面答应过她，要呵护她。我是在呵护的名义下离开省城，带着她走进桃花山的。城市里的灰尘是很厉害的，会悄然无声地污染她，山里的空气是洁净的，山里的空气才养育人。我当初的想法真的就这么单纯。

"南兰，你的眼睛大概看花了，"我说，"不会有蛇的。"

"没有看花，"南兰说，"我看见有几条蛇在路上朝我吐舌头。"

"秋天的晌午，蛇不会溜到路上来的。"我说。

"不，你骗我。"南兰说。

"咋能说是骗你？"我说，"我走在前面，你走在后面。"

"不，有蛇我也要走在前面。"南兰说。

南兰将画板向左肩上一挎，她绕过了草丛，走在了前面，回过头来朝我一笑，瞟了我一眼。这完全是一个小孩子的做派，淘气却不使人厌恶。她那乌黑的长辫子随所欲地摆动着，随着很有弹性的脚步。她的任性浪漫和秋天的成熟深沉不太协调。

姑姑和姑夫在坡地里劳动。清早起来，姑姑和姑夫就上地去了。劳动似乎已经不是他们生存的需要，而是一种生理需要，好像不劳动，他们就活不下去了。老远看，对面坡地里的庄稼人和堆在坡地里的荞麦垛子没有两样——都静止不动，都占据着一个小小的位置。

2　牛彩芹

南兰的叫声尖锐、急迫，是发自内心的带着恐惧的声音。这女孩儿的叫声能把人心揪紧得发颤。给安安静静的山里投进去这么一声喊叫，连树木、茅草、石头也会颤动的。我以为出了什么事，急急地向坡上面跑，我一抬眼看见了天星和南兰，茅草遮住了我的视线，我只能看见他们依偎在一块儿的上半身。这女孩儿也真是，你偎着一个大男人还咋呼什么？喊叫什么？你再喊叫，这桃花山也只有这么几个人，只有我和天星他姑夫，只有田登科和冉丽梅。得是怕人听不见，看不见？这女孩儿也真是……十七八岁就学会了作精作怪。假如我知道是这样，真不该到坡面上来，我没有闲工夫看天星和南兰搂搂抱抱。我将目光移到了平岭那边，在安安静静的日子里，你得不时注目一下平岭那边：那是一片开阔地，是桃花山的门户，不论是谁，要进桃花山，必须从岭上的那条大路上经过。山外的风不时地从那边的开阔地上透进来，力图疏松积蓄已久的静寂。可是，山里的静寂如冻土一般坚硬，就仿佛一颗小石头投进了深不见底的沟里，好长时间听不见回音。我看见，平岭上好像有个人影在晃动。

我真没有想到，走在平岭上的就是天星。

刚吃毕晌午饭，我从草房里出来，站在院畔的树荫下抹汗。太阳在树荫以外炙烤着大地，白蒙蒙的空气流动得很吃力。六月的山里，到了晌午并不比山外凉爽多少，凉爽是早上和晚上的事。晌午的炎热很短暂，但分量够重的，蒸腾的热气障人眼目，几十丈以外的山头、树木、牛羊和行人都裹上了一层白纱，只能看见轮廓。我只看见平岭上走动着的是两个人，他们的模样无法看清。我以为进来了两个麦客，从晃动的身影上和手臂摆动的幅度上我能感觉到他们步履的迟缓和疲惫。你们应该顺着平原上的大路向西走，在平原上至少还能赶五六天场，进山干什么来了？山里的收割还得十多天。这肯定是两个糊涂人，比杨长厚还糊涂；长厚只有在赌牌时才是清醒的，即使清醒着也很少赌赢过。我不愿意再多看那两个糊涂人一眼，我靠住了那棵粗壮的桃树坐下去，让迎面而来的南风将皮肤上的汗水慢慢地吸干。天星叫了我一声姑姑。我抬眼看时，他已站在了我跟前。我又惊又喜，我说，我还以为是两个麦客进了山。天星说，姑姑你没想到吧？我说没有。我不由得去注视那女孩儿，她长得很好看，个头不低，张嘴一笑，眉眼里笑出来了一个女孩儿。讨人爱的女孩儿，她给天星摆眼神的时候我才发觉，她那种不经意的举动是属于成熟女人的举动。我再一次去打量这个女孩儿，天星大概觉察到我的目光中含有审视的意味，还没等我开口，他抢着说，姑姑，这是南兰。南兰拉住了天星的手，腼腆地朝我笑了笑。我知道，一见面就问他们是什么关系有点不太合适，况且，他们已经走了 40 多里的山路了。我说，这女孩儿真有能耐，能跑这么多山路? 南兰说，山里就是美。她的西府口音很重，她大概也是凤山县人吧，我还以为她是省城里的女孩儿。

傍晚，我走进了天星住的草房，天星用烧过的树枝在土墙上记下了他进山的日期：1989 年 6 月 19 日。

天星进山的时候还没有收麦子，现在，收了麦子，又种上了新的一料。日子就像头顶上的云，流过去一朵，又赶过来一朵，等云朵走光了，天蓝成一片，我的日子也就到头了。昨儿个晌午是放牛，今儿个晌午是放牛，明儿个晌午还是放牛。山里的日子比牛还诚实，还迟钝。

"彩芹嫂!"冉丽梅站在豆子地里，挥动着镰刀，朝我呐喊："牛跑了!"

平岭上晃动的不是人，是牛。牛比人还有灵性，它老远嗅见玉米味，就朝玉米地里跑。

3　冉丽梅

"你听，丽梅。"登科说。

登科直起腰，将镰刀提在手里，支棱着耳朵听。

我说："你割豆子。"

"你听，那女孩儿在喊叫啥？"

登科左手还攥着一把豆子，他提着镰刀向地头走了几步。

我说："你割豆子。"

"我去看看，出啥事了？"

登科连手中的豆子也没顾得放，提着镰刀大步流星地朝院畔那边去了。我只割了几把豆子，登科就回来了。我埋下头割豆子，没有问他究竟出了什么事。能出啥事呢？我料定啥事也不会有。山里的所有事就是干活儿、吃饭、睡觉。我听见，豆子的响声稀稀落落的，镰刀也不干脆了，我扭过头去一看，登科左手攥住豆子，右手的镰刀来得很迟缓，他的心思好像从豆子地里游走了。

我说："你割豆子。"

"嘻嘻。"登科突然莫名其妙地笑了。

"你笑？"我直起腰来看了他一眼，"你笑个啥？"

"嘻嘻。"

"我看见了，"登科说，"他们两个在亲嘴。嘻嘻。"

"是不是没见过人和人亲过嘴？"

"你说牛天星和那个女孩儿是不是两口子？"

"你管得着吗？"

"不是两口子咋就睡在一块儿了？"

登科直起了腰，他不再割豆子了。他的两腮鼓得圆圆的，不知嫌我没回答他，还是自己和自己生气。不是两口子，就不能睡觉？这是谁定下的规矩？只要男人和女人愿意睡，睡在一块儿，有啥大不了的？女人睡男人和男人睡女人不光图快活，还要图愿

9

意，愿意就是规矩。我没有道理给田登科可讲，在他看来，两口子睡觉才合规矩。他老是用奇奇怪怪的眼神看着牛天星和南兰，你管人家是啥关系，人家睡觉能影响你的地里不长粮食？能影响你的乳牛不下犊？

我说："你割豆子。"

"青天白日的，啥活儿也不干，还站在路上亲嘴。"田登科说，"喊？得是受活得乱喊？"

我说："人家喊不喊，碍你啥事了？"

他不和我争辩了，弯下腰割豆子，一镰刀下去，一株豆子跃得老远、老远。镰刀闪闪发亮的光从豆子地里飞越而过。登科喘着粗气，镰刀的响声密密麻麻的。

4　牛天星

"南兰。"

我叫了一声，南兰头也没有回，背在右肩上的画板稍微动了动，不安分的长毛辫子在画板上不安分地扫动着。

"南兰，"我说，"南兰你看，桃花山像不像簸箕，姑姑簸粮食的簸箕？"

画板不动了。长毛辫子不动了。南兰的表情也大概固定不动了，固定在要和我的精神我的情感划清界限的份儿上。这女孩儿？她的情感变化得像风一样快。18 岁的女孩儿和 16 岁的女孩儿大不一样，不谙风情的女孩儿和已谙风情的女孩儿大不一样，除过淘气、顽皮、随心所欲之外，成熟女人的自负、乖戾、狡黠已像虫子一样钻进了南兰苹果一般鲜亮的18岁，受到侵蚀是不可避免的。她无缘无故地和我赌气。既然是这样，我不打算理她。

秋天高远的蓝天铺在山坡上，铺在岩石上，铺在了树林里，覆盖了桃花山，清澄的空气清澄的晌午理出了人世间清澄的一角：清澄抚摸、洗濯着我赤裸的肉体和灵魂。省城那混浊空气已被我推拒在三百多里以外，灰色的天空灰色的行人灰色的车辆灰色的建筑物已成为久远的记忆了。忘却喧闹盲目的中午，忘却热情苦闷的夜晚，宁静的环境只有和宁静的心绪才能达成和谐。我还是想和南兰说话，我不能不理她。

我说："南兰，你看这桃花山就是一个簸箕，你和我就站在簸箕口上；簸箕一动，咱俩就被簸出去了。"

话一出口，我真的感觉我的脚下在动，可能是地心里有一股力量在翻滚。南兰依然没有回头，她迈着碎步子，小腿向前紧拧了几步。沿着细线似的小路看过去，南兰小腿的一部分被路两旁蓬过来的茅草罩住了。我熟悉她，熟悉她身体上的每一个部位。南兰的小腿很匀称，特别是连接脚踝的地方并不是很突兀的细而瘦，和那些仿佛是支撑不住自己躯体的女人的小腿相比，南兰那两条腿的漂亮就在于：丰满、有力——一个女孩儿的健康、漂亮仿佛有了坚实的支撑，永远不会垮似的。南兰坐在我的怀里，她的两条腿搭我的大腿上，我的手顺着她的小腿一点一点地向上抚摸，完全是父亲抚摸女儿的那种抚摸方法，我尽量地给手掌和手指赋予疼爱、关切和不含情欲的伦理意义。手底下溜走的是她的肉体的紧凑和肌肤的毛茸茸，没有成熟女人那种光滑如脂的感觉和一触即发的欲望。不一会儿，她的身体在我的怀里翻动着，

11

她的小腿在我的小腿上不停地磨蹭着，腿上的肌肉有点粗糙有点僵硬，她的欲望开始在我的手底下跳荡，开始在她的皮肤上跳荡，她用肉体的僵硬传达着她的紧张和对某种事情的跃跃欲试。我给手掌和手指赋予的意义开始土崩瓦解，压抑着的欲望开始反叛，正人君子的面具几乎被快活的需求所撑破。我的手顺着她的大腿抚摸上去，掿在了她的屁股蛋子上。她只是咻咻地笑。她的气息钻进了我的鼻孔，钻进了我的肌肉和血液。这是一种久违了的气息，一种使我陶醉的气息。我不再犹豫。微弱的太阳光从玻璃窗户上射进来，房间里的气氛温暖、诱人，我似乎得到了环境的鼓舞，抓住了她那薄薄的内裤，我的手还没来得及……她就从我的怀里挣脱出去了。她站在我跟前，背对着我，我只能看清她的脊背，只能看清脊背上那块画板和画板上轻轻拂动着的长毛辫子，我看不清她面部的表情，她为什么不搭理我？我向前紧撵几步，我离南兰很近很近，我能嗅得到她那青草般温馨的气息和头发乌黑乌黑的味道。

我叫了一声兰。我说，"兰，你不要动，我来给你摘。"

我弯下腰去，摘下了挂住南兰裤脚的枣刺，我将南兰的裤子向上提了提。"刺着腿了没有？"

"没有。"她凝视着我。

我说："兰，在山路上走，可要小心点。"

南兰偎过来，将头偎在我的胸脯上。她仰起脸，亲昵地说："你再叫我一声兰。"

我叫了她一声兰。她伸出手，半握着拳头，在我的胸脯上捶打，"你为啥刚才不叫我兰？南兰南兰地叫我，像老师点名。"南兰撅着饱含情欲的嘴唇，双眼里滚动着一丝嗔怪。她不搭理我的原因竟然是这么简单！这个女孩儿！

"你就是姓南叫兰，就是我的学生嘛。"

"不是，"南兰说，"我不是你的学生。"

"那就是我的女儿，"我说，"我疼我爱的小女儿。"

"谁是你的女儿?"南兰瞪着我，"谁的爸爸和女儿睡觉?"

南兰张开美丽的大眼睛看着我，她的目光里含有纯真、顽皮和挑衅，没有一丝半点的讽刺、嘲弄和怨悔。她在等待我的回答。

一刹那间，我怔住了，我的心上好像被谁猛地戳了一下。这个小东西，一点儿情面也不给我留，她是那么刻薄！真实的东西只有在这个时候才能品出它的刻薄的味儿来。南兰用言语传达的真实使我受不了，尽管她没有说假话。

南兰笑了，咯咯地笑了，笑得无拘无束。她用两只手勾住我的脖子，用笑眼对准了我的尴尬。这个不善于察言观色的小精灵！只有她才能给已被她撕破的面具上打个体面的补丁，只有她才能解救我的窘迫。她嬉着笑脸说："爸爸，亲我一口，只亲一口。"

我低下头去，将依然难堪的嘴唇按在了她那湿润润的、丰满的嘴唇上。吻着她的嘴唇像嗅着山里芬芳的野花一样令人陶醉。我紧紧地抱住了她。我们狂热地接吻，根本不顾忌在坡地里劳动的山里人，仿佛满世界只有南兰和我两个人。

我们走出了被茅草拥住的小路。

我们走进了打麦场。

站在打麦场上向南眺望：东西两边连绵不绝的山峰夹出了一条沟，这条长长的沟连接着山外面的平原和平原上的县城。平原上的村庄笼在缥缈的烟雾之中。南兰坐在打麦场上，画板搁在大腿上。她的双目注视着在坡地里劳动的两个农民，这两个农民是和姑夫姑姑他们同住在一个院子里的田登科和冉丽梅，他们的腰弯下去，两把镰刀在太阳光下划动着弯弯曲曲的线条，身后是收获的老黄色的大豆。姑姑说，这两口子是从甘肃来的，他们承包了当年生产队分地时遗弃的山吊庄（平原上的生产队在山里耕种的土地），他们暂且成了一百多亩山地的主人。这是两个勤劳的农民。可是，付出的汗水和收获的果实并不能对等，土地犹如石磨似的压在他们的背上，他们只能弯下腰。田登科的腰尤其弯得厉害，他的屁股撅着，镰刀挥动得很有力。田登科说他也是生于1952年，和我同年同月。田登科大约不相信我是属大龙的，他打量了我几眼，用手去抹额头上的汗水，他大概与此同时想把额头的皱纹抹去一些，手过之后，那些皱纹又在额头重重叠叠了，已显斑白的头发至少将他的年龄加大了20岁。虽然，冉丽梅也免不了粗糙，但却很健康，很壮硕，浑身似乎充满了不可遏制的活力。南兰很投入，她用铅笔在纸上细心地勾勒，她专心致志地把印象中的农民画到纸上去，变成一幅画，变成艺术品。显然，她笔下的大山和农民不是照抄照搬的复制品，而是鲜明地带着她的意识和情感。

在坡地里放牛的姑姑显得很孤单，也许是因为这个空旷的山野陪衬了她，是她身处的环境陪衬了她，她的孤单如茅草一般疯长。姑姑只大我5岁，她是祖母最小的女儿，祖母在世时总是尖着嗓子彩芹彩芹地喊。祖母最疼爱的是她的小女儿牛彩芹，而姑姑最怨恨的是祖母，她怨恨祖母将她嫁给了杨长厚。杨长厚的好赌在凤山县是能排上座次的。姑夫把日子赌得千疮百孔，日子实在是过不下去了，他和姑姑进了山，承包了桃花山的土地。在这人迹稀少的山里，姑夫的好赌只能在手心里发痒。生存环境能克制人，也能改变人。

姑夫正在打麦场北边的坡地里种豌豆。他呵斥着牛的声音中携带着压抑不住的焦躁和愤懑，姑夫手中的鞭子在仲秋的晌午不住地晃动着，他用鞭子和牛对话。

　　姑姑向打麦场这边走来了，她大概看见了我和南兰。我似乎听见了姑姑的喘气声，姑姑的喘气声如同丝瓜的蔓长长地、长长地由西向东扯过来了。

5　牛彩芹

　　我刚走进打麦场，一眼看见天星和那个女孩儿耳鬓厮磨。天星弯下腰，他的脸颊几乎擦在那个女孩儿的脸颊上。天星的一只手在女孩儿的画板上指指点点。谁知道她在乱抹乱画什么，依我看，她就画不出什么来。天生你干什么就干什么，你在你娘肚子里的时候，上苍就把你的身份分派好了，你是凡人，终究炼不出一个仙来；你是贵人，即使落了难，也会有出头之日的。别人不说，天星就是样子。松陵村几千人，谁能料到，当了20年农民的天星会突然进了省城，连婆娘和儿子也进城去了，恐怕连天星也没想到吧。这不是上苍的安排是什么？

　　我敢说，天星从小就和别的孩子不一样。我大哥似乎是忽略了这一点，或者说，他要将天星的不一样用一样来规范。这孩子总爱在女孩儿堆里钻，他伸出右手，用中指在女孩儿的胳肢窝中一戳，惹得女孩儿哈哈大笑。大哥一看他那举动就黑着脸唬他，骂他没出息。大嫂说，天星才6岁，懂个啥？大哥似乎不相信6

岁小孩的无知和举动的无意识。大哥挠挠头发说，你不知道，你不知道他干下的丢人事。大哥的手中似乎掌握着天星不可告人的秘密似的。你说呀，大嫂说，你直说，你的儿子，你自己教育。大哥又去挠头发，他摇摇头，长出了一口气，一副难以启齿的样子。大嫂说，你说呀，咋不说呢？大哥将手指头伸进了头发中，又在使劲地挠，他说磨坊……他只说了磨坊两个字，就不再说了，磨坊怎么了？大哥挠着头发说，你问问彩芹。大嫂说，彩芹才11岁，她知道啥？我看看大哥，又看看大嫂，从房间里跑出去了。那座磨坊像狗一样很乖地蹲在我的心里，磨坊里的气味亲切、混杂、醇厚：麦面的气味、牛粪的气味、蜘蛛网的气味和石磨子的气味仿佛牛脖颈上挂着的铃铛，随着时间的奔跑，摇出的响声轻重不一。磨坊里那个罗面的面柜被人的手磨搓得如同涝池里的清水一样平滑、光亮。天星和女孩儿们常常在磨坊里游戏，我是知道的。大哥以为羞耻，以为有伤面子，以为不可告人的事情，在我看来只是游戏，儿童们很天真的游戏。我进去的时候，天星趴在面柜上，他的身底下躺着一个女孩儿，天星的举动不是他的想象就是他的模仿，他坐起来，捉住自己的小牛牛，叫依然躺着的小女孩儿看。我叫了一声天星，他提上裤子，下了面柜，扑到我跟前来了。我说天星，你不要那样和人家女孩儿玩。天星眨动着双眼看着我。我说，那样玩不好。天星一听，就和几个女孩儿跑到磨坊外面去了。大概是那个女孩儿把他们游戏的全过程说给了父母亲，大概是糊涂的父母亲来找过大哥，不然，大哥是不知道的。孩子的游戏只是游戏，不会含有性意识和性行为的。大哥却以为天星犯了规矩，举动中有邪恶的成分。大哥的意思是要把天星压在合乎正人君子标准的模子里，让他长成一个规规矩矩的男人，和松陵村的男人们没有二致的男人。天星性格上横出的枝条是不容易调理的，砍掉了又会长上来。我一闭上眼睛就能看见他的童年和少年：圆圆的脸，清秀的五官，头发又浓又黑，他一点儿也不顽皮，比女孩儿还文静。他的胳膊和腿都很瘦，皮肤薄得发亮，皮肤底下的血脉清晰、细弱，裸露在皮肤外面，仿佛能听见血液在孱弱地流动。为此，大哥总是担心他不能成长为一个肩挑手提的庄稼人。

天星还是成了一个庄稼人，一个很倒霉的庄稼人。我总觉得，天星的倒霉是大哥一手酿成的。大哥不过是做了几年国民党区分部书记，指甲盖大点官，能把谁怎么样？况且，大哥不是一有机会就咬人一口的恶人，他也是凭本事干事的。过去的事，大哥纵然有一百张嘴有一千张嘴也说不清，即使说清了，也没有人相信他：你是国民党的区分部书记，能不干坏事？阶级队伍中就不允许你存在，你必须戴一个白袖章，从人民群众中滚出去。大哥倒不怕他被区别被批斗被游街，他的儿女们要跟着他受累，这才是他最痛心的。因为大哥，天星只能勉强地读到初中；因为大哥，天星不能入伍不能招工不能当教师不能当干部；就是做农民，也只能做一个因为有历史反革命的父亲而被区别了的农民。

幸亏，这孩子聪慧、灵透，他干什么都是无师自通。他不知从哪儿找来了一大堆纸张发黄的医药书籍，就着昏黄的煤油灯，彻夜地读书做笔记。眼睛熬红了，嘴唇干裂了，他没有放弃读书，似乎对书籍的贪婪不可克制。他嘶哑着嗓子对我说，姑姑，我要成为咱牛家的一个大医生，养活自己，济世救人。也许是天星的想法不合时宜、太美好太单纯了，随之而灌下去的苦味使他措手不及，难以对付：不准自由行医！尤其不允许历史反革命的儿子自由行医。面对许多条"不准"，天星放声大哭。他毕竟只有 16 岁。天星噙着眼泪划了一根火柴，点着了那一堆书和他做的笔记。一堆书变成了骚动不安的纸灰，古老的油墨味儿从后院里升腾而起。回到房间里，天星拉起了他的二胡，二胡声幽怨、凄婉，空气里流动着发颤的私语声。我敢说，天星拉二胡绝不比县剧团里的二胡手差，可是，他的二胡只能在房间里拉，只能在松陵村拉，就是不能上舞台，舞台上没有他的位子。天星的弓弦上流淌的是悼念，悼念他对生活前景勾勒的美丽图画。声调的苍凉使大哥捶胸顿足，使一家人伤心落泪，特别是那份深沉，远远超出了一个 16 岁的少年所具有的情感。我敢说，天星就是在那一天，猛然间成长为一个强悍的男子汉的。他的成熟和羸弱不是一回事。

接着，天星开始学习篾匠、学木匠。他最终没有成为一个手艺人，他手中的篾刀、凿子、锯子和板斧最终被一支钢笔所代替了。所以，我敢说，天生是干什么的，就是干什么的。尽管绕了那么大一个圈子，还是得回到上苍给你分派的位置上来。上苍的意志是人难以执拗的。天星对上苍分派给他的似乎一点儿也不在乎，一点儿也不珍惜。

我说天星，你不在省城里好好地写文章，跑到这深山里干什么来了？

天星说，山里安静。

我说，你还没有在桃花山待够？这是什么地方，你不知道？

天星说，我知道，这是一块安安静静的地方。

桃花山是够安静的，安静得失去了声音。山头、流水、树木、野草，安静得像睡着了，睡死了，你再呐喊，也把它们喊不醒。生活在安静的桃花山，人的心会像一堆火慢慢地、慢慢地熄灭。人总不能生活在一口大瓮中，生活在死水一般的安静中，特别是天星这样的人。因此，我不相信，他是来桃花山寻求安静的。

6　杨长厚

"你到桃花山干什么?"彩芹说,"你告诉我,我就放心了。"

天星将脸迈过去,远望着桃树林,他一声不吭。南兰拉住天星的一条胳膊,瞅了彩芹一眼。

"你说话呀。"彩芹说。

"你得是想赶我们走?"天星说,"我们明天就下山。"

天星扭过头来看着彩芹,他的目光很平静,没有责怪我们的意思。很显然,他用目光坚定地拒绝了彩芹对他的追问。

"不,我不是那个意思,"彩芹说,"天星,姑姑是替你担心呀!"

天星咻咻地笑了:"姑姑,你就放心好了。"

我说:"你没完没了地问天星干啥呀?"我讨厌爱管闲事的人,"天星不是三岁的娃娃,经见的事情比你多。"

如果有人问我们,你们从平原上钻进这桃花山干啥来了?我就说,光景过不下去了。这有啥脸红的,人还不是活到哪一步说哪一步?我是输了钱,又没有偷谁,脸红什么?人输了,要输得有骨气,人是凭骨气活在世上的。我的对手不行,我的对手都是死皮赖脸、没有骨气的人,他们不是偷牌,就是换牌,为了赢得几个钱,不择手段。要当赢家,就要赢得堂堂正正,理直气壮。赌桌上就是赌手气,赌能力。赢了牌,一半儿是运气好,一半儿是打得好;输了牌,自认倒霉算了,何必做手脚呢?我不打了。他们几个拉住我的衣服不让我走,和这些没皮没脸的人在一块儿打牌我觉得扫兴,我不打了就不打了。

"打！我打死你！不向犁畔上走，眼窝瞎实了吗？"

对付不听话的牛就是要用鞭子，用鞭子狠狠地抽，抽它们的耳朵梢，拣最痛处抽，两鞭子抽下去，要使它们记住鞭子的厉害。世事就这么颠倒了，人倒霉了，连牛也不听话了。难怪有人说，恶人早田禾。人越厉害越恶，越活得滋润，田禾种得越早长得越旺。按节气，山里的豌豆早下种了，你越急，这两头牛越不使劲。我算是倒霉了，我如果不是输了牌，能来桃花山种豌豆？我放着清福不享，为啥要到山里来受罪？我对彩芹说，人不是到世上来受罪的。彩芹总以为人天生下来就是受苦的。不对，人都想享福，都想活得好一点，人模人样地活着。依我看，天星大老远从省城里跑进桃花山，必定是有原因的，还用你一而再、再而三地追问他？他之所以不说，就说明不需要你知道。人应该活得清醒一点才是，你咋那么糊涂呢？

我真是倒霉了，心越急，越没办法。这两头牛也真是，它们趴在犁沟中不走了。人和我作对，地和我作对，连牛也和我作对？我的鞭子可不是吃素的。

"我打死你我打死你我打死你！"

我正打得起劲，拿鞭子的手腕被人攥住了，我一看，是天星。

"姑夫，看你，和牛赌什么气？"天星说，"牛走乏了，让它们歇一会儿。"

我说："它们天生就是犁地的，死也要死在地里。"

天星说："牛是有性子的，它们是实在拉不动了才卧在犁沟里。你听听，它们是怎样在喘气！"

天星走在牛跟前，他一只胳膊抱住犍牛犊的脖颈，一只手在牛脸面上抚摸。两头牛嘴里吐着白沫，喘气声跟拉风箱一样。

7　牛天星

　　我实在是坐不住了。姑夫鞭打牛的声音响彻了整个桃花山：那声音听起来仿佛是谁把一块石头从山顶上推进了深沟。我给南兰没打招呼，拔腿就向那块地里跑。我老远看见，姑夫的鞭子抡得很狠很勤，他一边打，一边骂，似乎他比牛还冤枉。两头卧在犁沟里的牛似乎对无情的鞭击无动于衷，鞭子好像打在了石头上，它们动也不动。它们的喘气声很粗很急，鼻息在不停地颤动、抖动，似乎那喘息稍微一停顿，生命就会窒息，它们用喘息抢救自己的生命，哪里还顾及肉体在鞭击下的疼痛？我从姑夫手中夺下了鞭子。姑夫又骂了几句，坐在了山犁上。他之所以觉得冤枉，还有一层意思，那就是：我对牛都那么理解，而不理解他。我看得出，姑夫就是这个心思。你对牛都不理解，还能理解人？你打牛咋打得那么狠呢？姑夫把他对这个人世间的怨恨、不平、愤懑和自己的烦闷、焦躁以及对命运的无法把握全都用鞭子发泄了。牛身上重重叠叠的鞭痕正是他心里气愤的再现。姑夫的本事只能是欺侮两头牛了，他是那么可怜！他垂头丧气地坐在坡地里，精神好像正在倒塌的脚手架。我还能和他说什么呢？给他讲不要这样打牛的道理？姑夫是被生活打败了的男人。他看似暴戾，其实内心很脆弱。原来，人被打败了，就是这般模样。

　　粮子老汉可不是那样，据我所知，他一生坎坷不平，受尽苦难，他从不沮丧，从不气馁，平心静气地接受生活的赐予——无论是祸是福。他即使发泄，也不在牛身上发泄。他和我在这块坡地里一块儿犁过多少次地，他的鞭子打牛很有分寸，他一只手按犁把，一只手把鞭子悬起来，似乎在向牛昭示，鞭子就在你们眼前，随时有挨打的可能。他对我说，我们自己像牛一样劳动，可怜牛就是可怜自己。他还说过很深刻的一句话：牛是用鞭子教训不下的，牛一旦使起性子来，鞭子没有办法，除非杀了它。姑夫以为，他手中的鞭子是让牛听话的，是教训牛最得力的工具，是征服牛最有力的武器。大概，在牛的眼里姑夫就不是个强者。

牛的出气声渐渐匀称了。它们从犁沟里爬起来了。还没等姑夫走到犁跟前，两头牛拉动了山犁。

我一看，南兰自顾自地画画儿。她的画面上会是什么样的情调呢？

8　牛彩芹

南兰对山里的一草一木都表露着新鲜和好奇。刚吃毕饭，她搁下碗筷，就爬上了崖畔。

从崖畔上下来，南兰问我，崖畔上的桃树为什么不结桃子？我说，这种桃树叫花桃树，只开花，不结果。南兰满眼的迷惘，我能看得出她眼神里的意思：这真是不可思议。这有什么不可思议的？就像我不可思议你为什么要跟我家天星跑到这深山中来一样，人世上不可思议的事情多的是。你比我家天星的儿子只大两岁。城里人大概不会相信天星有一个 16 岁的儿子。天星是早婚，他21岁的时候就有了儿子，在好几年中，他对儿子的感情一直很漠然，连多看儿子几眼也不肯。大哥知道，牛家人都知道，一个能做饭、能劳动、能生孩子的女人是不能满足天星的，可是，大哥有什么办法呢？街道上来了一个要饭吃的甘肃女人，大哥怕天星打了光棍（松陵村打光棍的男人有好几个）就撮合了他们。那年月，我们活得毫无办法。我们还是从没有办法中活过来了。

我问南兰，你到山里来过没有？她说没有。我想说，我家天星和你一般大的时候就被生产队长派到桃花山来犁地、耙耱、收秋、种麦，风里来，雨里去，啥苦活儿都干过。天星是吃过大苦的。人世间的苦乐是一架天平，分量是一样的，你没有吃过大苦，就不能享大乐。我们赤条条地来到人世间，其实什么也得不到，只是受苦，人是个苦虫。享乐是很有限的，只知一味享乐的人迟早有一天会得到上苍惩罚的。冥冥之中，总会有什么东西制约着你，也许，这就是上苍的力量吧。我总是给长厚说，顺从天意不会错，生死由命，富贵在天。这是古人的经验，不是胡说。你的办法再大，也拗不过天。

长厚用一声苦笑回答我。不是他不相信，他活到了没有办法的份儿上，还信什么呢？我给南兰说这些，可能不会顶什么用。给她说过去的事，她可能只是觉得新鲜和好奇。她的欲望可能只是由于新鲜和好奇而产生的冲动，包括她和天星的进山。南兰对桃花山的新鲜和好奇究竟能维持多长时间？

南兰惊慌失措地跑进了草房，她的脸色发白，胸膛激烈地起伏着，头发似乎也纷乱了。

我问她是咋回事，她带着惊奇的口气，结结巴巴地说，窑，窑，那眼敞窑……我站在门口看了那眼安然无恙的敞窑，问她，窑里是不是有响声？南兰说，是呀。她说她想在窑里凉快一会儿，刚进去不久，就听见窑里有一种很怪的响声。我说，南兰，你不要怕，那窑是塌不下来的，它的响声就像人说话一样，有话就要说出来。那眼没有砌墙的敞窑不知道有多少年了，窑顶上像狗牙一样龇着几块土，好像时刻要塌下来，可是，闪电响雷也罢，狂风暴雨也罢，它始终没有塌下来。有时候，窑内会发出一种哭泣般的声音，有时候好像许多人在说话。我们桃花山里的人谁也不明白这眼窑凭什么支撑着，已经岌岌可危了，就是不塌。难怪南兰惊讶，我刚进山时也惊讶过。我想过，大概是时间支撑着这眼窑，不是它不塌，是时间没有到。如此千疮百孔，总有倒塌的时候。

9　牛天星

"姑姑。"

我回过头去才发觉，姑姑在看着我，看着南兰作画。姑姑半弯着腰，她用右手掠了掠头发，姑姑额头的皱纹从掠过的头发之中伤心地跃出来了。姑姑有点憔悴，操劳过度的痕迹驻留在她的面部。

姑姑像我一样，是牛家最不幸运的一个。初中三年，姑姑是县城中学里最优秀的，她完全有理由再读高中，再读大学。可是，姑姑被婚姻拴住了。她的善良坑害了她，而善良的土壤中长出来的逆来顺受简直就是一棵参天大树，根深叶茂的大树将姑姑的人生遮出了浓重的阴影。姑姑结婚那天我哭了，等姑姑走出了松陵村，等面孔生冷的乡村土路将姑姑载向一个陌生的去处，我才能哭，才敢哭。

我觉得，我变成了孤零零的一个，只有姑姑留下来的那些书籍陪伴着我。凡是姑姑读过的书我都读过，姑姑用书籍给我后来的人生搭起了一座桥。

"姑姑，你看南兰画得怎么样？"

姑姑从南兰手中接过画板，端详了几眼画面上割豆子的田登科和冉丽梅。姑姑说："桃花山是个苦地方，田登科和冉丽梅要在这里活人过日子不容易。他们俩是老实人，在山里下苦，还要受人欺侮，老实人不好活。"

姑姑将画板还给了南兰。她没有直接地评价南兰的画，不过，她已经说得很明白了：你没有吃过那样的苦，不可能体谅他们，也就画不好他们，就是画在纸上，也不是活动的，是死的，缺少生命力。南兰接过画板，用铅笔修改她的画。姑姑的话对她来说，毫无意义，南兰还悟不透艺术的真谛。几头牛在坡地里悠闲地啃着草。没有风，远处的群山像停泊在宁静的湖面上的船只，树叶子静止不动，野草静止不动，整个桃花山静止不动。但是，依然能听见周围的土地在深深地呼吸。

"天星，"姑姑问我，"今天几号了？"

"9月23号。"

"日子真快呀！"姑姑似乎是漫不经心地说，"你们进山一百多天了。"

"刚来那几天不好熬，现在习惯了，也不觉得日子有长有短。"

姑姑问我："你不想省城？"

"想倒是想，就是省城不要我。"

"你想就回去，谁还能不要你？"姑姑说，"啥时候下山呀？"

"姑姑，你要赶我走？"我说，"我永远不走了，吃了你多少，喝了你多少，我会加倍还你的。"

"我不是那个意思。"姑姑说，"你将儿子和他妈留在省城，能行吗？"

"我出城时把他们安排好了，生活不会有啥问题的。"

"天星，你不要哄姑姑，你给我说实话，你在省城是不是出了啥事？"

"没有，什么事也没有。"

"真的没出啥事？"

姑姑冷眼逼着我。

"哈哈！"我笑了。我无法回答姑姑，也不可能回答姑姑。

我将目光从姑姑的眼神中抽出来，挪向了割豆子的田登科和冉丽梅。起风了。风在那边的地里高兴着，风卷起了田登科和冉丽梅的衣襟。发黄的、枯萎的豆叶在风地里六神无主地盘旋。田登科和冉丽梅像风中的豆子一样，被刈割在地，随时有被风卷走的可能。

"南兰。"我说，"你给画面上画些风，让田登科和冉丽梅的衣襟卷起来。"

南兰将画板提在手里，目不转睛地看着风在那边的坡地里起舞。桃花山被卷进了风中，桃花山不再是静止不动了。姑姑家的那几头牛在坡地里乱跑。

姑姑大概不知道我为什么要笑。

姑姑跑下草坡，拦牛去了。

10　冉丽梅

　　彩芹嫂从来没有给我们说过，她有一个在省城里当作家的侄儿。怪人，这才是怪人，不在省城里享福，跑到这深山里来，有什么好果子吃？这桃花山是我们下苦人待的地方。我们活得没办法才到山里来种地、放牛。山里养不住闲人。登科比我还奇怪，他老是偷眼瞅天星和那女孩儿，他大概想从他们走路的姿势上分辨省城里的人和山里人的不同之处。

　　依我看，彩芹嫂的侄儿心里好像压着什么事情，进山好多天了，没听见他大声笑过，脸上的颜色也不快乐。

　　我问天星，省城里好，还是桃花山好？

　　他说，省城里热闹，山里清静。

　　我说，你放着热闹不看，跑到山里来有啥看头？

　　他看了我一眼，想笑，又没有笑出声来。

　　省城里大不大？登科问他。

　　大。

　　人多不多？

　　多。

　　是不是到处有贼娃子和野鸡？

　　天星没有回答登科，他用鼻子哼了一声，像是笑，又没有笑。

　　杨长厚说，登科，你不要再问了，我告诉你，省城里的汽车用牛拉，省城里的广场有一顷二百亩大。

登科一听，放声大笑。

杨长厚说，这话有啥笑头？我们村里的曹支书那年从省城里回来，在社员会上说，日他娘，真是没见过，省城里的广场大得没边边，有一顷二百亩大，几万人站在那里，一个不挨一个。他进了一回省城，算是长了见识了。

我们还想和天星说说城里的事，天星好像没有兴趣。他站起来，挽着那女孩儿的手，向打麦场那边走去了。

我说彩芹嫂，你家侄儿好像有什么心事？

彩芹嫂说，天星就是那脾气。

心事和脾气是两回事。脾气是人改变不了的，心事改变人。天星肯定有什么心事，他的心事在脸上。有什么心事你就说，压在心里多难受。日子再苦也要活得畅快些：想骂就骂，想说就说，谁也没堵住你的嘴。由此，我说，城里人还没有山里人活得自在。山里不是藏心事的地方，山里天大地大，有心事你尽管说出来。既然到了山里，你就放开喉咙呐喊，乱骂一通也不妨碍啥。没人找你麻烦，也没人告你的黑状。为啥要心事重重呢？

我一扭头就看见了打麦场那边的天星和南兰。那女孩儿端着画板，不时地向我们这边看，我就不信，她能把我们画好。她就不像是一个画画儿的。我真佩服那些真能画画儿的人，他们把人画得像挪到纸上去一样。这才是真本事。这股风多凉快！

我说："你试着了没有？是西风，秋后西风雨。天可能要下雨了，咱割快点。"

"天上没有一丝儿云，"登科直起腰说，"哪里来的雨？"

"你知道今天是啥日子？"

"9月23日，秋分。"我说，"秋分前后是下雨的日子。天变脸比人变脸还快，说下就下了。"

"天要下雨，人能挡住？下了雨，咱就睡觉。"

"你就知道睡，不怕把你睡死？"

11　牛彩芹

　　我原以为，天星和那个女孩儿住几日就会走的。三个多月了，天星根本没有离开桃花山的意思。我猜想，天星大概在省城里出了什么事，不然，他为什么躲在桃花山不走呢？他究竟出了什么事？不能不使我担心。看他那文弱书生的样子，给一把刀，也不敢杀人；给一把火，他也点不着什么。他连一只鸡也没杀过，他晕血，一见血，就会晕倒在地的。那一年，大哥给生产队里铡麦草，铡草机切去了大哥的一只手指头，天星扶着他爹去大队医疗站缝伤口，刚进门，他就倒下去了。他说，他一见人血就头晕目眩。我还猜想，他是不是为了哪个女人惹下了麻烦？在人生的算术题中，女人是减法，女人只会削减男人的锐气、勇气，甚至把男人绊倒。我想，天星是做大事情的，做大事情的人是不会为了一个女人而惹下麻烦的。我反反复复地想，也想不出一个原因来。反正，他不会无缘无故地从省城来到桃花山，住下不走。他可能在城里出了什么事，我忍不住给长厚说。长厚笑了，长厚说我是头发长见识短，说我过去读了那么多书，算是白读了。长厚说，天星假若犯了什么事，就是钻进牛屁股眼里也是逃不脱的，桃花山离省城只有三百多里路，有一百个牛天星也难藏住。长厚的话虽然有道理，还是说服不了我。我也问过南兰，南兰的回答既天真又诚实，她说，天星到桃花山来，是为了陪她画画儿。我说，你要画画儿就该到省城里去，那里有画家，有人指导。南兰毫不掩饰地说，我讨厌天星的婆娘。她说这话时，齿缝里露出了和她的年龄不合拍的恶狠狠的气息。我是从这句话里品味出她和天星的关系的。天星果真是为了这个女孩儿进山的？假如是这样，天星就太没出息了。

12 牛天星

　　我能对姑姑说什么呢？什么事也无法说，有些事，你要在心里装几年、几十年，甚至一辈子，哪怕是火是刀子，你也只能埋在心里，等待时间来处理它，你就这么苦苦地等待，等待。而时间在你的等待中坚如磐石，不再流动。这时候，你会被时间压得喘不过气来，或者被时间揩净了你心中的印渍熄灭了你心中的火，熔化了你心中的刀子，你的心里什么也没有了，你变成了披着时间外衣的肉体，你的遗忘或麻木会自动地伸出友善的手揭去你的忧郁拂尽你的痛苦，你的愉快和轻松会像打哈欠一样来得很随便。你一旦失去耐心，就会做错事。忍耐是对付人的手段，也是人不可或缺的品质。

　　姑姑不止一次地问我犯了什么事。她不是在窥视我，她的询问是爱我的答案。姑姑一直很疼爱我，她对我的疼爱，布置在家乡的磨坊里播撒在家乡的土地上渗透在我的血液中。我只有在姑姑面前，才能将内心赤裸裸地袒露，她对我的担心并不是多余的。可是，眼下，我不能和姑姑沟通什么，这并不是我不信赖她，并不是我不爱她。最疼爱的人有时候反而是最不能理解你的人，姑姑毕竟和我生活在两个不同的环境中。哪怕姑姑误以为我是来山里和南兰寻欢作乐的，我也不能给她掏心事。姑姑想知道真相，而生活有时候恰恰需要掩埋真相，包括自己内心的真相。你和不爱的人生活了大半辈子，天天和她在一起，你能对她说我不爱你吗？皇帝明明什么也没穿，人们都说皇帝穿着新衣裳，你能说皇帝赤身裸体吗？

姑姑对日子记得多清呀！——今天是 9 月 23 日。她是不是在数着日子活人？数着日子活人和糊里糊涂地活人是截然不同的两码事。到了山里，就要跟着山转跟着水转，就要糊里糊涂地活。清醒是很累人的。

13　南兰

"你送我回去，"我对天星说，"你送我回老家去。"

"你是怎么了？兰，"天星说，"你不是说，要永远跟着我吗？咋想到今天就要走？"

"跟着你，"我说，"跟着你算什么，我是你的婆娘吗？"

"你不是说你不计较吗？"天星说，"你不是说，你啥也不计较？"

天星冷眼看着我，他的眼神里含有恳求的意思。我抬起头来扫了他一眼，他的眼眶里有些湿润。蜡烛胆怯似的吐着舌头，蜡烛燃烧的声音在房间里回旋。

我说，我啥也不在乎。

你不在乎，我在乎。天星说，你还是个孩子，才18岁。

我说，我是我自己的，谁能管得着吗？

你不能荒废自己。天星说，你现在应当好好作画。

这和作画是两回事。我说，我要，我现在就要你。

黄鹂清脆的叫声从草房上空缓缓而过。小麦的清香从窗户中灌了进来。天星迟疑不决。他把我揽过去，用手在我的头发上抚摸着。

我说，我不在乎，你做错了，我也不在乎。

我们已经上了炕，已经搂抱在一块儿了，天星还在说，兰，你会后悔的。

不。我不要你才后悔呢。

"我说过我不计较。"我说，"我们究竟做错了啥事，要在这深山中藏来躲去？"

"我们没有躲呀！"天星说，"你是不是觉得很寂寞？"

"是。"我说，"三个多月了，我受不了。"

天星说："我明天就送你下山。"

"不。"我说，"我现在就要回去。"

我把画板一丢，离开了草房。我要回去，回到家里去。我要生活在属于自己的家里，生活在属于自己的田地。天星撵出来，他拦腰抱住了我。天星的姑夫和姑姑听见我和天星在院畔高一声低一声地说话，他们慌张地走出了草房。

"是咋回事？"天星的姑姑问天星，"南兰是咋回事？"

"南兰想回去。"天星说。

"晌午还在画画儿，刚吃毕晌午饭，咋想到了要回去？"天星的姑姑说，"让天星明天送你回去。"

"谁说要回去？"我哧地笑了，"我和他闹着玩呢，他当了真。"

"真是个孩子。"天星的姑姑叹息了一声。

天星的姑夫给天星的姑姑摆眼神，天星的姑姑和姑夫回到草房里去了。

"真的不回去了？"天星小声问我。

"真的。"我将嘴巴捂在天星的耳门上说，"我要在桃花山给你生个胖娃娃，回去干啥呀？"

天星搂住了我，在我的嘴唇上亲吻。

14　牛天星

　　读高中的儿子回来了，他拿来了他同学的一篇文章叫我看。我忙于地里的活儿，一个字也没顾得上看。虽然，我在省城里有一份工作，一家人还得靠这块土地养活，靠地里的庄稼养活。三天以后，儿子催促我，我才翻开了那个作文本。文章是南兰写的，是一篇写爸爸的文章，字迹并不规矩，但很飞扬，有明显的个性特征。读完两千多字的文章，我暗自吃惊：有这样写爸爸的吗？在女儿的印象中，父亲是这样的猥琐，这样的糟糕，这样的可恶！在这个女孩儿看来，父亲是最靠不住的人。女孩儿通过儿子捎话来，她想见一见我，见一见她心目中的作家。这女孩儿对父亲的态度使我很难接受，她为什么会对父亲有这么深的宿怨呢？是父亲伤害了她，还是她有偏见？我正好想见一见这个对自己的父亲失去了信心、很不恭敬的女孩儿。我真想探究女孩儿的心理。她是个案，还是一代人的缩影？

南兰是星期天来的。

南兰来的那天，正好妻子和儿子都不在家。南兰的脚步声很轻，直至她进了门站在我跟前，叫了一声牛老师，我才发觉，我的面前有一个女孩儿。南兰的脸红红的，她低垂眉眼，显得很拘谨；她坐下以后，两只手合在一起，用圆圆的膝盖夹着，膝盖不时地动一动，动的幅度不大，只是小心翼翼地动。

你就叫南兰（明知故问）？

她说她就是南兰。

读几年级（又是明知故问）？

高中一年级。

十几了？

16 岁了。

这篇文章是你写的吗？

我拿出了她的作文本。我真想说，是不是你抄别人的，又怕伤了她的感情。

是我写的。

南兰说得很肯定。她的膝盖又动了动。

你怎么把父亲写成那个样子了？

他本来就是那个样子。

她用圆圆的膝盖紧紧地夹着双手，似乎要把自己一动也不动地固定在凳子上。

她说，我写的是我的第一个爸爸。

你有几个爸爸？

一个半。现在的爸爸恐怕连半个也顶不住。

我明白了，原来，她的母亲是离了婚再嫁的。

我说南兰，你的文章写得不错，能用文字传达自己的情感。不过，你以后写文章的时候，要学会克制自己，选用很准确、贴切的词语，文字不能使用得太过火了。文字把握不得当，别人读了不舒服。

南兰说，牛老师，你不知道，对文学我只是爱好，我的兴趣在作画儿上，我准备报考美术学院，将来做一个画家。

我说，立志做一个画家，你的志向不小。我是很羡慕很尊敬画家的。

她从双膝中取出了夹住的手，将凳子向我跟前拉了拉，抬起眼，注视着我。她那双黑白分明的大眼睛晶亮晶亮的，汪着清澈的水。她瞟了我一眼，用眼睛给我说话。这么小的女孩儿就知道用眼睛说话！我有点诧异。我不由得放肆了目光，用眼睛接住了她的话语，给她做了一个概括性的评价：这是一个迷人的小精灵！她发育的程度比 16 岁的年龄至少提前了两年。我换了一个角度，用看 18 岁少女的目光去看她：她的嘴唇红润而鲜嫩，完全可以用丰满来形容；天蓝色的线衣和紧绷绷的裤子勾勒着她身体上的曲线，她那凸出的小乳房，她那修长的腿，她身体上的每一个部分都在窃窃私语。她并不躲避我带着审视和欣赏的眼神。她好像是放松了自己，端坐如初，让我用目光去她的浑身上下抚摸。我突然产生了甜美的预感，心中一阵骚动不安。我死死地压住我的预感，冷静地注视着一个未成年的女孩儿。

我悄悄地换上了一副老师的道貌岸然。房间里出奇的静。院子里一声脆响，那是桐树叶子落地时发出的响声，年轻而翠绿的叶子在初秋时节脱落时，摔在地上的响声苍凉而悲切。响声钻进了房间，穿透了我的肉体，沾在了我的心上。在树叶的落地声中，我收回了目光。

南兰咯咯地一笑（她的举止随便多了，和刚进门时判若两人）。她说，牛老师，你愿意收我这个学生吗？

我说,南兰,你还是个孩子,好好读书,好好作画,会有希望的。

我不希望她走文学创作这条路,我觉得文章不是所有人都能做的,再说,这个场所失去了秩序,太丑陋,太不尽人意,令人遗憾而愤怒。我不能当面给她泼冷水。我只能告诉她,艺术创作的道路很艰难,只能鼓励她,鼓励她坚持下去。

那天,南兰临走时,我给她留了通讯地址。

可以说,从第一次见面的那天起,我就对南兰十分喜欢,产生了哺育她、塑造她、完成她的念头。当时,我没有邪恶的欲念,我想到的是:千方百计保住她的干净、贞洁,让处女的美好驻扎在一个漂亮的女孩儿的灵魂深处。我总觉得,省城里不行,城市不属于她,也不能属于她;她还是很脆弱的,经不住城市的诱惑,城市张扬的欲望像一张大网,会网住她的。城市里的灰尘会玷污了她。

我带她进山时,就是这么想的。虽然,我有预感,我没有想到,事情会发生在她的18岁,会发生在桃花山。我实在不愿意事情发生得这么早。我叩问过自己:你呵护她的目的究竟是什么?是为了让她保持一颗纯洁的心?是为了让她把全部心思用在作画上去?这可能吗?刚进山时,我确实没有怀疑自己的做法。无论怎么说,我现在不能送她下山,我离不开她,我爱她,尽管爱的味儿并不单调。

15　牛天星

别人的城市,别人的街道,似乎连美好的天空也是属于别人的，我没有和别人在同一片天空下。我躲开灼人眼目的灯光，躲开来去匆忙的人群，沿着护城河向前走去。护城河的小路被人们踩得光硬、细瘦，月光下，犹如孩子们玩耍的跷跷板，尽管我走得很小心，总感觉到小路在摇晃。小路的右侧是黑黢黢的古城墙，古城墙的影子倒下来，使狭窄的护城公园里堆满了气势逼人的历史陈迹。小路的左侧是一团团一丛丛的树木杂草，月光把斑斑驳驳的阴影顺着护城河的长坡投下去，长坡上似乎布置着镂空的网：虚弱的网只是一种结构形式，它并未挡住河水中热烘烘的气息向上弥漫。这里毕竟凉爽多了，没有城内那么令人窒息。护城公园内人影晃动，我从树丛旁走过去，恍然听见树木在低声而语，恍然听见人们交头接耳，或者哑巴似的用手势比画，稍微有脚步惊动，说话的人便四散而去；或者端坐在石凳上，假装纳凉。

我独自坐在一块干净的石头上。一种使我难以觉察的什么东西在偷偷地影响着我，给我施加压力，使我极其失望。轻松愉快的舞曲从护城河对面飘过来了，它的影响力对我来说虽然十分微弱，可是，和护城公园里尴尬的气氛很不协调。我恍然看见，梁蓓云的裙子像花朵一样旋转着，她的双手勾住舞伴的脖颈，亲昵的表情和挤眉弄眼的灯光相互致意。有几个人闯进了单位的会议室。不关心这个世界发生了什么事情的人们正在会议室里悠闲地跳舞。"嘭"的一声，又是"嘭"的一声，兴高采烈的彩灯被砖块砸碎了。妈的×！有人用粗野的言语骂道：狗日的，还有兴致跳舞！梁蓓云尖声叫道：谁在捣乱？我们跳舞，你管得着吗？有人愤怒地喊道：把狗日的女人拖出来！乐声戛然而止，舞场上出现了短暂的沉寂。这个世界真安静，连窃窃私语也隐没了。没有声音，没有节奏。护城公园处在沤热的围困之中。城市里的6月是很难找到纳凉的地方的，到处是热烘烘的气浪。

好心的领导找我谈话，叫我主动和梁蓓云缓和紧张关系。我简直是哭笑不得，无法向领导解释。梁蓓云是我们创作室的主任，她一有机会就整我，特别是她用权力意志去替代艺术标准的时候，我就十分窝火。她只知道街道上最近流行什么款式的衣服，只知道哪个歌星哪个影星的名字叫什么，只知道什么化妆品是什么价格，只知道餐馆里最近又有什么新菜。对于艺术作品，她毫无感觉，也品味不出什么味道来，只能写那些巴掌大的"小女人"文章。我真弄不明白，这样的人怎么会当上创作室主任。她以为有了权利就有了一切，几次威胁我，我从未向她屈服过。

我虽然极力向城市靠拢，可是，城市却在极力推拒我。回到农村去，回到故乡去，离开这个城市吧！几年前，我还是一个地地道道的农民，我的妻子在农村依然耕种着五亩责任田，农村是我的根，我不可能连根拔起的。我搭上了回凤山县的火车。我明白，我是在冠冕堂皇地退却。可是，回到农村又能怎么样？在农村，我再也找不到慰藉了。村里的长辈和晚辈们都用看城市人的目光看着我，我对他们能说什么呢？我能说我背负着沉重的压力？我能说我负载着负载不起的责任？在父亲和母亲的眼里，我是作家，是省城里的人。碰到谁家结婚嫁女，父亲一定要把我推上席桌，妄图以我的身份给他们的荣耀增加分量。殊不知，我难堪极了，心里不是滋味，拿起筷子，就想起了我就餐的一家又一家苍蝇乱飞的下等餐馆和肮脏恶心的小吃摊。清苦的生活并不是影响我情绪的主要因素，因为这些因素缺乏压迫人的力量，压力似乎来自内心，来自城市本身。

站在街道上，看着过往的行人和车辆，我会突然之间想大哭一场。妻以为我在城市里如鱼得水，完全有能力发展自己，操纵自己。她毫不留情地瞪着眼质问我：你以为你有了名望，你认为你有了钱，你就可以为所欲为、吃喝玩乐？你就是当上了县长（她心目中最有权势的人）也是我的男人！我不想和妻子争辩什么，我和妻子一起干完了地里的活儿，拖着疲惫不堪的身体，回到省城，钻进了阴暗潮湿的房间里，读书、写文章。一踏上火车，我才觉得，我什么也不是，不是农民，不是作家，只是一个虚无空洞的我。我悲哀极了，我没有家，凤山县不是我的家，省城里不是我的家，我是一个十足的精神流浪者。我一无所有，使我能得到安慰的是，我拥有南兰，拥有她对我那真挚的爱。我们固然是两代人，但我们有相通之处，那就是：我们都无所归依，都无依无靠。在我们狂热难耐的日子里，我几乎每天都要把她的名字在心里默念几遍：南。兰。南。兰。这两个温暖的字是从心里流出来的，她的名字温暖着我的心。

"兰，你不能走，我不能没有你。我爱你，真的爱你。"我紧紧地拥抱着她，站在院畔，我在她的脸庞上、眉毛上、嘴唇上狂吻。

南兰喘着气说："我不走。我要跟着你，跟你一辈子。"

16　南兰

"兰！"天星在叫我。站在崖畔上的天星说，"兰，你从东边的小路上爬上来。"

我说："你等着，我上来了。"

我抓着草丛，顺着很陡的小路向崖畔上爬去。一个下午，天星当着他的姑夫和姑姑的面亲热地兰呀兰呀地叫我。兰——这肯定是他用舌尖弹出来的，舌尖一卷，一个烫热的字就弹出了口，字音在空气中发颤。天星这样兰呀兰呀地一叫我，我的心烫热烫热的——连我妈也没有这样心疼地叫过我。

　　天星紧紧地抱着我，一声一声地叫我兰。他的整个身子在颤动，我能感觉到，他的心里也在颤动着。他说兰，我想……他说了一句脏话，语言在这时候完全胜过了线条和色彩，这句脏话一点儿也不虚伪，它是活的，生长在人的心上；一句脏话会使我们从两年多的游戏中（天星不一定认为是游戏）突围出去的。我双手捧着他的脸，同样重复了那一句脏话。天星认为，一个18岁的女孩儿是不会说出那句脏话的，他抚摸着我说，兰，你真坏。我说是吗？他突然僵住了，不动了。他说，我不能那样，他出奇的平静使我感到诧异。我说，我不在乎，我说，我愿意给你。他说，兰，我不敢。我说，我要哩，我现在就要你。他说，等以后吧。我说，我不想等，我现在就想知道是咋回事，男人和女人××是咋回事。我又重复了那句脏话。我一面挑逗他，一面装做是干那事的文盲和瞎子。天星浑身汗淋淋的，几脚蹬掉了被子，他大概燥热难耐，大概在要和不要之间徘徊。他说兰，我还是不敢。他翻身趴在炕上，看着我，眼神无奈而痛苦。他真的是个很懦弱的男人，还是想扮演我的精神和肉体的卫道士？他可能是害怕我，害怕我的本身和一个处女。其实，他的呵护早就失去了意义，他就没有能力呵护我，我也不需要他的呵护。那天晚上，我没有给他说出事情的真相，也许，我一旦说出来，他会当即赶走我，因此而绝望的。他不止一次地对我说，欺骗人是不可饶恕的恶行。可是，欺骗同样是保护自己安慰别人的一种武器。有时候，人需要被人欺骗。

其实，不是老板欺骗了我，而是我乐意接受老板的欺骗。

是天星介绍我到那家饭庄去打工的。高考落榜了，尽管我的画儿很不错，基础课几乎是满分，我还是没有被录取。后来，我才知道，有人顶替了我。天星鼓励我重读一年再考，我不愿意重读了，我已花了天星不少钱，继父不可能供养我读书的，即使他愿意，我也不愿意接受他的供养。我只有一个想法，挣钱读书当画家。

我只来了饭庄十多天。我看得出来，老板看我的时候，眼神不对头，他的眼睛很贪婪，眼睛一瞟，好像在咔哧咔哧地吃我，他说话的声音像狗一样，总想把我咬倒在地。尽管他装模作样，我还是能看出他的意图的。他装模作样地把几本杂志丢在餐桌上，表示忘记了拿，其实，那是伸向我的钓钩。你作假，我也作假，我将杂志拾起来拿走不是上你的钩，而是想看看你的圈套中该有什么货色，无非是"性交姿势种种""性生活与身心健康""一个中年男人和十四个少女的浪漫史"等等，等等。这些玩意儿街道上多的是，他以为是敌敌畏或海洛因，在我看来，不过是凉水一杯。

老板故意打着老板腔，对我一本正经地说，明天早晨起来早一点，去冉家湾水库拉鱼。我问他，和谁一块儿去？老板说，怎么？你不想去？我已感觉到他说话时的紧张和担忧，我说，你不说清楚，我就不去。他说，卡车司机和你，我也去。随后，他又补充道：午饭以后就回来了。他补充的意思是，不在那儿过夜。恰恰是他的补充露出了破绽，他越强调什么，越说明他的企图是什么。我装作什么也不知道，帮助他掩盖了他的企图。我说，只要不在那儿过夜，我就去。

钻进了老板的小车，我问他，拉鱼的卡车呢？老板说，卡车随后就来，我先去谈谈价钱。我明白，他是在哄我。

　　老板并没有将车开进冉家湾水库管理处，他将小车停放在游泳池旁边的停车场上，对我说，南兰，天气这么热，咱们去游一会儿泳。我说，我不会游泳。老板说，很简单，我教你，一会儿就学会了。他将一套泳衣塞给我，给我指了指更衣室。我抱上泳衣，回头看时，老板满脸的得意，可见，他是谋划好了的。

　　下了游泳池，我再也由不得自己了。老板在教我游泳的名义下，伸手在我的臀部、大腿和胸脯乱摸。我对他毫无办法，我只能用害怕溺水的理由阻止他，我故意尖叫，装出惊恐不安的样子，惹得游泳池里的男人和女人们将目光聚焦在我和老板身上。狡猾的老板一只手在我的大腿根乱摸，嘴里却大声喊：不用害怕，你不用害怕。

　　爬上游泳池，已是吃午饭时间。午饭是在避暑山庄吃的。吃毕饭，我说老板，咱们去拉鱼吧。老板温和地说，急什么，两个小时就回去了，咱们休息一会儿，下午再去。老板吩咐宾馆里的服务员打开了两个房间。

　　我没有想到老板会在午饭之后就对我动手。我不知道他是怎么样打开我房间里的门的。第一次进来，他拿了两粒药，吩咐我将那两粒药服下去，他说，游泳池里水凉，吃两粒药，预防感冒。谁知道那是什么药？老板费了不少口舌哄我骗我，我还是不吃。老板自己将那两粒药吞下去之后又从衣服口袋里掏出来两粒，我看也没看，一口吞下去了（后来我想，大概是避孕之类的药）。我一点儿睡意也没有，在床上不停地翻动着。大约过了一个钟头吧，我刚刚迷糊，老板第二次进来了，等我清醒时，他正在撕扯我的裙子。我翻身坐起来，咬他、抓他，老板一看不行，灰溜溜地走了。直到晚饭前，他再也没有进我的房间。

要发生的事情肯定会在晚上发生的。我已经做好了准备。到了午夜12点，老板还没有来。我极力克制着自己，不要睡着。当我听到老板进了房间的时候，故意打起了细细的鼾声。我慢慢地睁开了虚合的眼皮，眼睛里射出来一缕细细的光，老板的一举一动，都在我的眼睛光圈之内：他蹑手蹑脚地向我跟前挪动，他那屏声敛气的贼模贼样很好笑，我想笑，但不能笑，笑出了声，就等于给老板费尽心机设置的气球一般的圈套上扎了一枚针。老板走到床跟前，在我的小腿上轻轻地抚摸了一下，他在试探我是不是睡熟了。我突然翻了个身，梦呓般地说，我要你，我要你，现在就要你。随之，又打起了细细的鼾声，我恍然听见，老板的心在狂跳。老板以为我睡得很死，动手去摸我的短裤。我猛地翻身坐起，看着他，哈哈大笑。老板愣住了。我说老板，我不能叫你白占了便宜。老板真是老板，他从衣服口袋里掏出了一卷子钞票。我需要钱，我要用钱去读书，去买画笔画纸，买颜料。

老板走后，我哭了。我有点害怕，不是害怕还没到18岁就干了那事。我是我自己的，只要我愿意。我的害怕有很难说清的原因，害怕来自我的内心，一股莫名其妙的恐惧紧紧地抓住了我，我有一种悬空的感觉。我裹着被子和那张床紧贴在一起。当时，我的想法实际而单纯：只要有了钱，我就可以读美术学院。老板给了我钱的同时戳破了我的新鲜和好奇，给我留下了粗糙、尖厉的感觉，他在我的肉体上和心坎上同时留下了一道坚硬的印痕。我讨厌老板。在那天晚上，他没有给我愉快，我的全部感觉是疼痛。使我快活的是天星，天星把我拱上了快活的高崖，使我飘飘忽忽的，忘记了一切，包括我自己。现在，天星正站在崖畔上向我招手。

我爬上崖畔时喘气声已很紧张，肺腑中吸进去的秋风很清甜，凉丝丝的。崖畔上是桃花山的最高点，站在崖畔上看周围的山，那连绵不断的山好像闭上的眼睛。天星拉着我的手，他指着半坡上的那一片玉米地说："兰，你朝玉米地里看。"

我张眼去看，坡地里的玉米已经成熟了，正待收割。发白的玉米叶子愉快地朝我们点头。这幅图画，不用构图，只要挪到纸上就行了。

我说："你叫我看什么？那是玉米地，瞎子也能看见的。"

"你就是看不见玉米地里的我，我现在还能看见我吆喝着两头牛和粮子老汉在那片地里犁地。"天星说，"我在坡地里不知犁了多少遍，等卸犁的时候，我饿得趴在犁沟中起不来了，就将半边脸贴在湿地上，一口一口吸泥土的味道，吸一会儿，口里就湿润了。"

我说："你说过几次粮子了，他就叫粮子？"

"他不叫粮子。他当过好多年兵，村里人把当兵叫吃粮，也就把他叫粮子。"天星说，"老汉是一个好人，嘴皮厉害心肠软。我吃过他的米和面，穿过他送的布鞋。"

尽管天星说得很动情，我却不以为然，他的怀旧一点也感动不了我。我觉得，他那时候的生活离我太远太远，不论怎么说，我无法接近，也不想接近太虚空太渺茫的东西。

崖畔上的桃树林里传来了一阵响动声，仿佛是游泳的人在水中吹气泡儿。

"咱们去桃树林里看看。"天星说。

"有什么看头？你不是说，它们只开花不结桃子吗？"我问天星："是不是你在这儿干活儿的时候，就不结果子？"

"粮子老汉说，这桃树林至少有一百年了，它们从来没有结过果子。"

"这桃树真怪呀，比人还怪。"

我拉着天星的手走进了桃树林。桃树林里匆匆忙忙地奔走着一股奇异的香味，奔走着一股使人骚动不安的气息。这香味，这气息，透过了我的衣服直入我的肉体和血液，像一把火点燃了我的欲望。

我说："我要你。"

"在这儿？"

"就在这儿，桃树林。"

天星既兴奋又诧异，他大概是觉得我是异想天开，有点浪漫了。我向往的就是这远山绿树间的放纵，就是这情调，这氛围。我抵御不住桃树林里醉人的气息，也不想抵御。我双手搂住天星的脖子，身子靠在一棵粗壮的桃树上，双腿勾住了他的腰。天星紧紧地抱着我。我觉得，紧贴我的身体的桃树在抖动，树上的叶片像人发出的笑声一样，纷纷坠落。

"你听。"我说，"你听呀，他在肚子里给我们说话哩。"

"才几个月？"天星笑了，"不会那么快的。"

天星将耳朵捂在了我的肚皮上。

"快三个月了吧。"

"噢？这么快？"天星感叹了一声。

随着他的感叹，他的愉快从双眼中消逝了，脸庞上洇出了忧郁和疑虑的印渍。他的忧郁和疑虑来得那么快，好像面具一样揣在怀里，可以随时掏出来戴在脸上。

我看着他的脸庞。在蜡烛的光亮中，我捕捉不到他表情中的真实内容，他的脸上有一种恍恍惚惚的东西。

我说我要你，现在就要。

你才 17 岁，等你长大以后，他说。

不是 17，是 18。

18 岁也是孩子。

他真傻。他不想现在就要我，是因为他想继续扮演呵护我的角色，并不是他不渴望得到我，我想是这样的。

我不要以后，我说，我就要在今晚上。

你今晚上是我的女儿，以后就不是了。

我不是你的女儿，我是南兰，我说，你真虚伪，什么心理障碍？是你不爱我，你爱你那老婆娘？

你说什么？

我说你爱你那甘肃客老婆娘。

我没想到他会扇我一耳光。他忽然扑过来搂住了我，使我来不及反应发生了什么事，使我无法挣扎，也无法撒野。

他说，你是我的爱，我很爱你，可你不能糟蹋她，她比你可怜得多。我要了你，我的罪恶感会跟随我一辈子的。

我用手捂住了他的嘴，不叫他说。我从他怀里挣脱出来，独自去睡。我侧过身去，将脊背给了他。他急促地呼吸着，他的呼吸声中伴有咽唾液的声音。他的气息在我光溜溜的脊背上流动，草房里被他的气息塞得满满的。蜡烛的光亮摇曳不定。他平躺在我的身旁，静静地看着发黑的草房屋顶。他大概还在要与不要我之间徘徊着。

冉丽梅在对面的草房中由衷的呻吟声无遮无拦地飘了进来，虽然不很响亮，可是，我被她的呻吟声明晰地照亮了。我按捺不住自己，无法浇灭心中的那一团火，天星的那一巴掌救不了他，也救不了我。我的焦灼几乎到了难以顾及羞耻的地步了，可是，我再也不能对天星说我要你的话了。我蜷缩成一团，紧抱着自己。我觉得，我的四肢都在说话。我不敢松手，一松手，我的身体就会飞出窗外。突然，天星将我揽过去了，他搂住颤抖不已的我。他是那么的疯狂，他完全有能力征服我，他的力量使我有点害怕。我真没有想到，像他这样的一介书生会这样的有蛮力，简直有点粗野！

事后，我真担心他会说，你怎么那么熟练？我应该陌生一点笨拙一点才对。可是，我对我毫无办法，在那一刻，我的理智等于零，我听凭我自己为所欲地放纵，也不需要掩饰，我太渴望了，渴望天星把我带到天上去，去享受美好的瞬间。我不认为肉体是丑陋的，也没有肉体带来的罪恶感。让肉体唱颂歌有什么错？我说过，我是自己的，我有支配自己肉体的权力，我将自己给予谁是自己的事，与别人无关。

天星一动也不动地躺着，他只是冷冷地看着奄奄一息的蜡烛。我以为，他对我有了疑虑。他叹了一口气，说，我们算是白来了桃花山。

我明白他话中的意思：他以为在山里会守住我的贞洁。他对我的呵护本来就是很可笑的，到现在，他还不明白，很虚伪地检讨自己。

我算是白请了你一次。

那个画家就曾对我这样说过，画家说这话时，极其悲哀。因为他没有得到我，他渴望得到我比渴望画几幅优秀的画儿以此出名更迫切。

我没有给天星说离开那家饭庄的真实原因：我怕老板纠缠住我不放手。我给天星说，我在饭庄打工会贻误我作画的。天星说，正好有一个画家要请保姆，你就去给画家当保姆吧。天星说，你给画家当保姆，可以跟他学画画儿。当时，我确实是抱着一边当保姆一边学画画儿的目的来到画家家里的。

画家尽管穿戴得很年轻，他的实际岁数不可遮掩地驻留在肥大松弛的泪囊中。画家的妻子住在乡下，画家和他的女儿在城市里生活。他的女儿有一个一岁半的儿子，我的工作就是带这个小男孩儿。

画家的女儿上了班，画家就开始作画。我将孩子哄睡着以后，去看画家在他的画室中作画。画家把什么东西都画得很像很像，石头像石头，树木像树木，花草像花草，他的画笔简直就是照相机。画家在纸上很小心地描上几笔，然后，搁下画笔，离开案桌一点，左右一端详，嘴角闪动着自我陶醉的得意微笑。画家回过头来看我时，眼神不对头，眼角中挤出来的余光中有色眯眯的味道，有在我面前卖弄的意思。我说，高老，你画得真好呀！能比得上齐白石和石鲁的画儿。画家停下了画笔，感慨道：可惜呀可惜！可惜很少有人能够欣赏我的画。画家仰坐在沙发上，开始给西水市的画家排名次，给省城里的画家排名次，他言语中的意思是：在省内，他才是数得上的名画家。画家似乎是情不自禁地拉住了我的手。我很礼貌地一闪，画家尴尬地笑了笑：你喜欢画画？我说，喜欢。

画家要我给他当模特儿。我说我只当保姆，不当模特儿。画家说，我不会叫你白当模特儿的，我请别人付多少钱，给你照样付多少钱。画家说过几次以后，我想只要他给我钱，我就当，我答应了给画家当模特儿。

一个中午，画家在画纸上没有画几笔。他不时地抓摸一下我的肩头，不时地按住我的臀部将我的身子向后扳。他的女儿下班回来的时候，我正在穿衣服。他的女儿用不怀好意的目光瞅了我几眼。

晚上，我听见画家的女儿和画家在客厅说什么，画家的女儿音调很高，画家一声不吭。我出于好奇，走出房子去偷听，他的女儿恶狠狠地说，我妈是怎么疯了的，你不知道吗？西水市的女孩儿那么多，你能占得完？画家说，她给我当模特儿。女儿说，你又哄人！每次你都是借口她是你的模特儿。你心里是咋想的，你自己知道。我明白了画家的女儿为什么事而指责画家。第二天，我向画家提出要走。你不能走，画家拉住我的手臂，在我的手臂上抚摸着说，你是牛天星介绍的，你要走，得天星同意。他怎么挽留，也留不住我。画家把我送上街道，给我塞了50块钱（工资以外的），他极其悲哀地说，我算是白请了你。我装作不可理解的样子，笑了笑，头也不回地走了。

我们走出了桃树林。

站在崖畔上的最高处抬头看天空，秋天的天悬得很高，几朵浮云正在日落中转变着色彩。一只什么鸟儿拖着长长的鸣叫，从高远的天空跌落而下，仿佛有目的地扑向了通向山外那条路上一个行人的头顶。它只盘旋了一瞬间，就把那人抛在白花花的山路上了。

17 牛彩芹

她确实还是孩子，女孩儿的想法，女孩儿的脾气。刚吃毕晌午饭，她还嚷嚷着要下山，到了下午，她不再说下山的事了，好像当时的想法不是她自己的。她从崖畔上摘了一把酸枣放在嘴里嗑，"扑"的一声，枣核吐得很远，好像是她用手指头弹出来的，一个又一个枣核很准确地落在了刺槐树底下了。

我说："南兰，你不打算回去了？"

她说："回哪里去？"

"扑"的一声，她吐出一个枣核。"扑"的一声，又吐出一个。

"你不是说回老家去吗？"

"天星不回去，我就不回去。"

"你就天天跟着他？"

"不是天天，是永远。他答应过我的。"

她不再吐枣核，撅着嘴，用敌对的目光瞟了我一眼，似乎我不该这样问她。

这算什么呢？天星的女人用愤怒的目光盯着我，这算什么呢？他们是夫妻吗？是你的侄儿心中没有我，还是你怂恿他伤害我？咱们都是女人，女人到了这个年龄最需要什么，你不知道？天星以为他没有抛弃我，反而让我住进了省城，他对我的恩惠就很大了，他就可以为所欲为了，是不是？我就是要饭吃，就是当农民，我要活得像一个人，他不能这样羞辱我。你说，他和那个女孩儿在一起是不是羞辱我？你是他的姑姑，你为什么不责备他？不教他走正路？我无言以对了，就算是我怂恿了他，现在，我能撵他们走吗？我得和天星谈一谈，这究竟算什么呢？

"管他算什么不算什么，"南兰说，"我就是要天天跟着他。"

"扑"的一声，她将这颗枣核吐得比哪一颗都远。她用轻佻的目光看了我一眼，唱着歌走了，圆圆的屁股一扭一扭的。她毕竟不是女孩儿了，起码不是一个贞洁的女孩儿了，这和她的18岁无关。

18 南兰

我已看得清楚，走在那条路上的是田登科。他走路时一颠一颠的，好像是一条腿短、一条腿长，两条胳膊也甩得很开。天星朝田登科呐喊了一声，田登科回过头来、朝我们招了招手，他南兰、南兰地叫了我两声。

天星说："这个田登科，只知道干活儿，要进城去，把一天的活儿干完才动身。"

我说："天快黑了，他进城去干啥？"

天星说："他给我说，要进城去请收玉米的雇工。"

"牛。他是一头牛。"

像田登科这样，干一辈子活儿和牛有什么两样？人生来就是为了干活儿？我才不信呢。我要干我喜欢干的事情，痛痛快快地活着。

冉丽梅站在院畔，目送着远去的田登科。冉丽梅是那么的健康，那么的壮硕，似乎永远不知道疲倦是什么，有使不完的劲。她说话时嗓门很高，连笑声也是畅畅快快的，好像是在滚动着、跳跃着。她往你跟前一站，你就会觉得，她浑身的每一个毛孔都在释放着新鲜的活力。我就喜欢冉丽梅这样的女人。

我说："冉丽梅怕是一天也离不开田登科的，田登科下山，她也要送一送。"

天星说："你把山里人说得像城里人一样浪漫，一样虚伪。"

我说:"不是吗?你看冉丽梅那样子。"

"我看见了,她未必就像你说的那样多情。"天星说。

"你就没看见冉丽梅身后是谁?"我说:"是你姑夫。"

天星说:"她大概和我姑夫正在说话呢。"

天星不自然地笑了笑,笑得有点诡秘。

即将落下去的太阳仿佛和山头粘连在一块儿了。田登科影子似的走在太阳上。太阳的红光在桃花山的山头上闪动,在远处的雾岚中闪动,在冉丽梅的头发上、眉毛上和嘴唇上闪动。闪动的红光像是谁在发笑。

19 牛天星

是冉丽梅在笑。

只有冉丽梅才敢这样笑,才能这样笑。她笑得不可抑制,笑得放浪形骸,笑得无所顾忌。我半夜里起来,不是听冉丽梅笑的。站在院畔,我能听见黑夜那细微而遥远的声音,秋夜里的桃花山给人一种天长地久的古老感,好像这群山从一出世就保持着沉静的原始状态,谁也没有触动过,谁也没有踩踏过,它永远洁净无比。冉丽梅的笑声融进这静寂的秋夜中,尤其显得突兀。

站在冉丽梅的窗户跟前,我觉得我的影子猥琐而丑陋。可是,我抬不动脚,我不想离开,因为我听见冉丽梅的房间里有一个男人的说话声。说话声肯定不是田登科的,这时候的田登科正在山外面辽阔的黑夜中行走,他一边走一边大概还在盘算地里的收成，他将在黎明前赶到县城。我屏住气细听，说话声是姑夫的，没错，声音厚实、短促，咬字特别重，不容易和其他人的声音混淆。姑夫怎么睡在了冉丽梅的炕上？我即刻想到了姑姑，也许，睡在另一间草房中的姑姑正睁开眼睛凝视着姑夫和冉丽梅。姑姑是很聪明的，她的克制、容忍是她智慧的一面，可是，她太善良，太软弱了。田登科肯定是冉丽梅打发下山的，不然，为什么要叫他晚上下山呢？也许是他们合谋的。如果这事发生在我居住和工作的省城就一点儿也不奇怪了，城市里的合谋是实现目的的坦途大道，是做人采取策略的另一种方法。我总以为，这种事情只能在省城里目睹到，在我的意识中，桃花山是那么的古老，那么的纯净，那么的完美，怎么也会有这样的事情？

　　据我所知，姑夫年轻时不是那样的。尽管姑姑说他们的婚姻是祖母一手包办的，一家人都能看得出，姑姑还是很爱姑夫的，她大概爱他的长相魁梧爱他的做事干练，连他的干净卫生和说话铿锵有力也成为她喜爱他的一部分了。姑姑很少在娘家人面前谈及姑夫的好赌，哪怕姑夫输得多惨，她都不愿意谈。姑姑的村子和松陵村只隔一条小河，河东边发生的事，河西边的人很快就能知道。当祖母闻讯姑夫一夜之间输了一头牛之后，急匆匆地过了小河。姑姑一见祖母的面，闭口不提姑夫输牌的事。祖母问她：长厚呢？姑姑说，他睡着了。祖母说，大白天不下地干活去，在家里睡觉，还像个啥庄稼人？姑姑说，他昨晚上没合一眼。祖母说，是不是打牌去了？姑姑替姑夫掩饰：没有，他浇了一夜地。姑姑总是掩盖着姑夫的毛病，掩盖着日子的艰难，掩盖着内心的悲苦，她的孤傲是牛家人的血液中共同具有的品质，她比牛家的男人们更爱虚荣。祖母气愤地说，长厚的毛病全是你给惯出来的。姑姑擦着眼泪说，他不想输，他也想赢的。姑姑对姑夫的遮掩激怒了祖母，回到家里，她在全家人面前说，彩芹的事，谁也不用再管了，她活好活坏，全在她自己。

姑姑孤独地活着，连娘家的门也很少进。姑姑是在没有办法的情况下才进山的，桃花山的生活正好迎合了她的孤独。姑姑不止一次地给我说过，活人，难就难在要忍受许多不可忍受的东西，特别是那些意想不到的打击会突然而来，一棍子把你打倒在地，这时候，你就要忍受。因此，我猜想，对于姑夫和冉丽梅之间的事情，姑姑可能是知道的。也许，她是为了照顾自己的自尊，故意视而不见；也许，她早已心灰意懒了，她只能躲进自己孤独的躯壳之中去。

回到草房中，我摸黑上了炕。

"你干啥去了？"南兰在黑暗中问我。

"我拉肚子。"我撒谎。

"咋出去了那么长时间？"

"你没有睡着？"

"你以为我睡着了？我问你，咋出去了那么长时间？"

我怎么回答她呢？

"说话呀，"南兰说，"我看见你站在冉丽梅的窗户下，咋不敲开门进去呢？"

"你胡乱猜测什么？"

"你不要哄我了，我从窗户中看得很清。"

"我什么时候哄过你？"

我有口难言。我抱住了南兰，她在我的搂抱中挣动着，反抗着。她拒不接受我的爱抚。语言在这个时候没有任何作用可言，再巧妙的排列组合也难以说出我所要说的：既不透漏姑夫和冉丽梅的偷情，又要澄清这样一个事实——我对冉丽梅绝对没有邪恶的想法。要廓清真相太难了，不是没有真相，真相需要遮掩。我只能用我的爱抚去化解南兰对我的误解。

我竭尽全力地挑逗她、吻她、舔她，给她说那句脏话。

"你不要再演戏了。"南兰嘴里哈出来的气息在我的脸庞上扫动，"你在想冉丽梅！"

这个小东西，终究还是说出了口。

"我怎么会想她呢？不是那么回事。"

我将南兰揽在了身底下，她使劲地推我，强硬地拒绝我接近她。我只好松开了手臂。南兰的出气声很粗，她显然很气愤。

她说："既然有人陪你，我明天就下山了。"

为了不使南兰对我失望，我只好给她说出了我窥视的内容——姑夫和冉丽梅之间的事情。

南兰一听，哧地笑了："我还以为你趁田登科不在，打冉丽梅的主意。"她说，"那有什么听头，他们俩和咱们俩是一样的。"南兰乖觉地偎过来了，她搂住我说，"这事我刚进山就知道了，值得你大惊小怪吗？"

这个小精灵！可见，对男女之事，她多了一只耳朵，多了一双眼睛，多了一份感觉。

"真的？"

"真的。"南兰说，"刚来桃花山不久我就发觉，冉丽梅看你姑夫时，眼神不对头，你注意看看就知道，女人的眼睛不一般。偷情的女人眼珠子骨碌碌地转动。"

我说："我只注意过你的眼睛。"

我的心里乱糟糟的，好久睡不着。

山里的黑夜宽泛而深邃，它像海绵一样吸吮着充斥在黑夜里的杂质，包括人的思维活动中不健康的部分。

20 杨长厚

冉丽梅从鼻孔里向外吹气，吹出来的气息很柔软，好像有一只小娃儿的手在我的脸上瘙痒。她睡得很死，我无法看清她的表情，她脸上的色彩肯定很柔和，肯定是一副很平静很满足的模样。冉丽梅似乎什么也不想，思想对她来说是一张紧闭着的嘴巴，很少开启过。而她那张欲望的嘴巴却张得很大，似乎永远也填不满。这样的女人是一把火，能点燃你，使你的精神亢奋，使你对活人过日子蛮有兴趣的。从她身上下来，你不会失望，你会发自内心地感激她，感激她的肉体，感激她的热情。和牛彩芹在一块儿不行，和牛彩芹在一块儿，感觉像是和石头在一起一样，她的木然、忧郁会将人的激情窒息、淹没。当然，牛彩芹年轻时比冉丽梅漂亮多了。谁都知道，女人的漂亮只是男人的广告。男人需要的是广告中的内容。迷人的女人是内容丰富的广告，迷人的女人不只是张扬招牌，招牌是她们挑逗男人的工具。牛彩芹连招牌也没有，她天生就不会挑逗男人，她的面孔太冷，身体也太冷，你趴在她身上还感觉不到她究竟想不想要你弄。因此，我说，她只是半个女人，剩下的一半儿叫什么都行，就是不能叫女人。

我在牛彩芹的身体里找不到出路。

我第一次发觉，赌牌带来的快乐比在牛彩芹身上得到的快乐更快乐，和牛彩芹干那事很快会由要死要活的山顶跌落到冰冰凉凉的泥水中，赌牌就不同了，一上牌桌，你好像变成了一只狗，前边总是有人给你擂骨头，你会嗅着那根骨头一直向前撵，那根骨头只是一个字——赢。因为你老想赢，你才会一个劲儿地赌下去。

不是我赌功不行，不是那样的，我的手气不好，我的手气和我的命运一样，在关键时刻就捉弄我。霉气常常像一条蛇，藏在草丛中，猛不防，蹿出来咬你一口，使你防不胜防。谁能料到，我偏偏会在高考时拉肚子，从高考的考场中一出来，我就对自己说，你完了，这辈子不要想读大学了。假如我当了兵，命运也将会是另一番模样。连续几年，在征兵的时候，我就害眼病，直至错过了年龄，眼睛也好了。我本人老和我作对，就像我的牌和我作对一样。赌牌总有个下一局，你总是把赢的希望押在下一局上，那个下一局就牵着你的鼻子一步一步向前走。我相信，命运不会停留在一个地方不再向前走，因此，我总想一脚踢开命运的大门看一看，里面装的究竟是什么货色。我不甘心被打败，接连不断的失败之后我才发觉，我没有资本再赌下去了，我不能饿着肚子上赌桌。

我选择了桃花山，进山去，到山里找一条活路。

我今生今世不是不想再赌，有机会我还会赌的。深山里从来就是逃跑者的藏身之处。把自己的想头（欲望）暂时圈起来，等待着。山里的空气中似乎有一种能够削减人的想头的东西，你呼吸得越多，你的想头越淡。过去的好赌仿佛是非常遥远的故事，你根本就没有在意，你的想头早被这看不透的大山吃得只剩下点儿骨头。天一亮，就下地干活，天黑下来，就进房间睡觉，满眼是看不透的山，看不透的日子。在山里活人，你很难发觉，你是在平平静静中上了日子的当的，日子对你的欺哄你很难觉察到。天天面对大山深沟，天天面对一个面孔，你心里麻木得针扎了也不痛。

我嗅到了空气中悲哀的成分：我不行了。

我说不行了，我对冉丽梅说，男人到了四十八九就不行了。我躺在草坡里。山里的天地真大，天可做被地可做床。一个人躺在草坡里真美气呀。浮云遮出的阴影一动也不动地投印在我的身体上，牛揽草的声音和虫子们温和的叫声把我带到了宁静的远方。冉丽梅就是在宁静中走过来的，她躺在我的身旁，她用她的身体打破了山中的宁静。冉丽梅一点儿也不扭捏，她的挑逗是直白的，渴望和我干那事的想头赤裸裸地袒露着。我浪费了很长时间才进入了她的身体，因此，我说我不行了。冉丽梅笑着说，我会让你行的，男人的不行全怪女人。

　　我把冉丽梅对我的情分看做命运对我的补偿，我在牌桌上没有得到的，在冉丽梅的身上得到了。我就想，命运不会对我冷酷一生的。男人必须得到点什么，什么也没有，男人是很难维持自己的。我对付冉丽梅要像对付手中的牌一样，做一个赢家，让冉丽梅觉得我行，我还很英雄。我越是想赢越害怕，越是想赢越输得惨。冉丽梅急不可耐，她可能没有想到，我会是这样一个无能的男人，她放肆地呻吟着。大概牛彩芹也能听见冉丽梅在怪叫。无论怎么说，冉丽梅的叫声能把男人逗上火来，听起来很舒服的。我还是不行。

21　牛彩芹

　　长厚自以为他干得很诡秘，自以为我被他蒙在了鼓里，自以为他和冉丽梅偷情我不知道。他们第一次干那事在什么地方，是什么日子，我心里清清楚楚的。我没有张扬，还张扬什么？在这桃花山张扬也是白张扬。长厚对干那事儿蛮有兴趣的，依我看，真有点可笑，为了睡一个女人而提心吊胆、偷偷摸摸的，有什么意思？

吃中午饭的时候，我故意说，杏树坡的玉米被牛吃掉了几十棵，怕是冉丽梅放牛不操心，叫牛钻进了咱们的玉米地。长厚将脸埋在饭碗里，只顾吃饭。他咽下去一口饭，依旧没有抬头。他说，你没有看见，就不要胡说，不就几十棵玉米？咱和田登科不要伤了和气。长厚重新将脸埋进饭碗里。我没看见？我看得很清，你们干的好事，我看得清清楚楚的。不是我故意窥视长厚和冉丽梅，我没有那闲工夫，也没那份心思，全是我撞上的，我无意间撞上了他们的苟且之事。

我上了崖畔去摘豆角，站在高处向下看，杏树坡里的景致一览无余，晌午的杏树坡特别幽静、安闲。吃草的牛怎么不见了？我本来想喊几声长厚，他是吃毕早饭就去放牛的。一点儿也不操心，让牛乱跑。这时候，我的目光撞见了在草丛中翻滚着的长厚和冉丽梅，冉丽梅骑在长厚的身上，她像乳牛一样在晃动。等长厚翻上来的时候，我的嗓音已逼上了喉咙眼，我还是没有喊出声音来。我看见了那几头牛蹿进了玉米地去吃玉米棒，我只好从长厚和冉丽梅偷情的那面坡顶上绕过去，把几头牛赶出了玉米地。回去的时候，手里的豆角早已不知道丢到哪儿去了，我一路小跑着离开了杏树坡。

是田登科那吭哧吭哧的喘气声把我拦住的，我抬眼一看，田登科抡着镢头在太阳下挖地，他光着膀子，镢头来得很勤，镢头落下去时发出的响声和他的喘气声清晰可闻。这个像牛一样的庄稼汉只知道干活儿。要是我告诉他，冉丽梅和长厚在杏树坡里快活，他会怎么样呢？不会怎么样的，他首先认为那不是真的，他比相信自己更相信冉丽梅，他也不会撂下镢头去看自己的女人在草坡上胡来，那样会影响他挖地的，他把挖地看得比什么都重要。这个田登科！我抓起一个土块向他撂去，土块正好打在了他的脊背上，他抬头一看见是我，龇着白牙笑了笑，又埋头挖地了。我抬脚就走了，我害怕看见他。

长厚是半夜里从草房里出去的。在此之前，他做了些假动作来迷惑我，他先是嘟囔着说，我的肚子一阵一阵地痛。他坐在炕上，一条胳膊搂着肚子，眼睛看着我。我也假装在睡梦中，只是动了动。他大概以为我没有睡熟，又嘟囔着躺下了。阵痛是怎么回事，女人最有经验，阵痛不会像他表演得那么轻松。他躺了一会儿，大约以为我睡熟了，才搂着肚子下了炕。他将门拉得那么轻，那么轻，脚步像棉花一样。我真佩服，他有本事把声音弄得特别软和，具有迷惑人的能力。

男人在干那事上真会动脑筋，真会下工夫。长厚妄图哄我，他是哄不了我的。女人每时每刻都能感觉到，男人是不是对她很真实，不仅是从他裤裆里感觉，而是从他的举动中，说话的语气中，眼神中，甚至呼出的气息中也能感觉得到的。再迟钝的女人在那件事上都会睁开第三只眼。我是在装糊涂，我只能装糊涂。我真想给长厚说，何必呢？你放开声向外走，向冉丽梅的房间里走，我不会阻拦你的。转眼即逝的事情，为什么要那么看重？我想，长厚睡女人只不过是给他的好赌寻找出路罢了，他的出路不会在女人的肚皮上的。他的心里塞着一团烂棉絮，是一团糟，我比他看得清。

我毕竟是女人。有时候，我就想趁他熟睡的时候一刀砍了他，然后，再抹自己的脖子。我一想起在山外面读书的两个孩子，什么念头也没有了，我得为孩子们委屈地活下去。人不仅为自己而活着，人是为别人而活着的，特别是我这样的女人。

这毕竟是在山里，你就是和冉丽梅赤条条地在山坡上滚来滚去，也不会有多少眼目看着你们的，你们的头顶上是蓝天，是无用的空气，不会是众目睽睽。如果自己看不见自己的羞耻，是没有人出面监视你们的，人长着眼睛不光是看别人，还要看自己。人的羞耻来自内心。我总觉得，上苍的眼睛是大睁着的，因此，人不能作恶太多，不能昧着良心去干坏事。你就是欺哄了世人，也欺哄不了上苍，上苍记着你的善行，也记着你的恶行，惩罚是迟早的事情。因此，只有清醒的人有敬畏感才有罪恶感。我明白，我是来世上受苦的，我必须担当一切，包括长厚和冉丽梅的偷情。我对自己说，苦就苦在自己心里吧。

22 杨长厚

彩芹的眼睛里涨满了疑虑，她总是爱疑神疑鬼，不该相信的，她不相信；该相信的，她也不相信。她总是怀疑天星在城里出了什么事才进山的，她大概把城里的出事和天星的进山联系在一块儿去想，越想疑虑越多。出事需要天不怕地不怕的勇气，需要把男女之情割舍了，把人世间亲情看得不那么重。天星和女孩儿黏得那么紧，还能出什么事？南兰那样的女孩儿会像草蔓一样把茁壮的树木缠死的，天星能割舍了她去干大事情？我才不相信呢。天星大概在城里待腻了，领着一个女孩儿到山里寻清静寻快活。天星是很聪明的，聪明人会算计，会活人，不会出事的。

那个女孩儿还端着一个画板，坐在这儿画一画，坐在那儿画一画，她能画出什么来？不论干什么事，你必须一心一意，即使你费尽心思也不一定能成功。上了牌桌，你只能是费尽心思地去打牌，不能把心分出一部分去想其他的事，去想女人。道理是一样的。你就是费尽心思作画，也不一定能画出什么名堂来，而你整天和一个男人混在一块儿，三心二意的，能画出好画儿才怪呢。男人对什么事情都没有想头了，即使对女人也没有想头了才找女人睡觉，别以为男人找女人是想得不行。女人也大概一样吧，你如果对男人都没有想头，对作画儿还有什么想头？桃花山是很清静，可是，你的心不静，等于没有在山里。

进山的时候，我就给彩芹说过，桃花山是个如来佛，它的大肚子里装得很多。过去，这里曾经是土匪、杀人犯、躲债的和在家乡出了什么事而无法待下去的人藏身的地方。"文化大革命"中，那些地主、富农、反革命分子钻进桃花山是为了逃一条活命。现在，躲进山里的人大都是些落难者，是没有混出人样儿的人，是日子无法过下去的人。人天生爱热闹，天生贪欢，如果日子稍微好过一些，谁能长年守在人迹稀少的深山中？贪图山中好风光的人只是山里的过客。由此我说，天星和南兰只是过客中的一个，他们不会久待的，待在这里图什么呢？彩芹劝他们下山是最愚蠢的做法，到时候，不用你劝，他们会主动下山的。

23　牛彩芹

　　因此，我说天星打老远从省城里跑到这深山中来毫无意义，即使你出了什么事也毫无意义，况且，天星说他没有出事。他大概被那个女孩儿迷住了。我不能眼看着天星和一个比他小将近二十岁的女孩儿鬼混，他和那个女孩儿之间的事不比长厚和冉丽梅，说粗点，长厚和冉丽梅跟驴配种差不多，有什么意思？天星是干事情的人。不是我没有阻拦过他们，我阻拦过。天星刚进山，我把他安排在土窑中，让那个女孩儿睡在草房里，没几天，他们就住在一块儿了，我有什么办法呢？

　　我对自己说，你宽容了他们就等于宽容了他们的罪孽，上苍是不会饶恕你的。我委婉地给天星说，你该回省城去看看了。天星说，姑姑，你不要逼我，到时候，不用你说，我会回去的。天星口气软下来了，他在恳求我。我一看，他很忧郁，满腹心思，那个女孩儿好像并没有改变他，他的愉快好像很有限。我还能再说什么呢？我不能再逼他了。我的全部弱点就是面情软，说不出口，有些事，宁愿装在心里自己折磨自己，也不愿意说。

　　我翻来覆去地想，一定得说出来，不说出来是不行的，时间不允许我徘徊了。时间对我来说，是通向坟墓的通道，无论我如何打发时间，都必须从那个通道上走过去。而时间对天星来说，太具体了，时间就是那个瓦罐，多挨一天，瓦罐里装进去的就会多一些。瓦罐迟早会被撑破的，被时间撑破。我郑重其事地给天

63

星说，你看不出来？那个女孩儿怀孕了。天星说，我知道。天星很淡然，一副无所谓的样子。我说，你还不快到省城里给找个医生拿掉，等什么？天星说，南兰不愿意。不愿意？这是什么话？难道要叫她生一个孩子？我说，孩子一出世，就麻烦了，这事叫我怎么向天星的女人交代？怎么向自己的良心交代？时间不饶人，时间在我们说话或做事的时候就过去了。过去一天，南兰肚子里的那个孩子就长大一天，在这件事情上，我不能强迫天星，也不能强迫南兰，我必须说服他们，这是良心和法律都不能容忍的事情。天星不会是为了和那个女孩儿生一个孩子而到山里来的吧？但愿是这样。不过，这件事是我心中最黑暗的事，因为这件事的后面黑得一塌糊涂，比长厚和冉丽梅的偷情黑暗多了，比漫长的黑夜黑暗多了。我一闭上眼睛就能看见，一个 18 岁的女孩儿挺着大肚子很困难地走来走去，这个女孩儿就是南兰。

秋天的黑夜像挑在草叶上的露汁一样，只有太阳出来了，那露汁才能消失。天快亮吧！我孤零零地盼望着。

第二章　阵痛
(1990 年 4 月 5 日)

1　田登科

当时，我从山外面请收玉米的雇工回来，牛天星问我，有什么消息没有？日子和门前边的山路没有两样，弯弯曲曲地铺到山脚下，又弯弯曲曲地铺上来，常年四季都是固定在这样一个模子里，说不上来好，也说不上来坏，有什么消息可言？收割碾打，刮风下雨，天明了天黑了，这算不算消息？在山里活人过日子就不需要打探什么消息，头顶上的蓝天，脚底下的坡地，奔走的太阳，时而圆时而扁的月亮就会把消息带给你的。消息对牛天星来说，就那么重要吗？可见，他人在山里，心在山外。我说，没有什么消息呀。牛天星吁了一口气，好像对我没有带来消息很惋惜。我说，我听到了一件事，不知道算不算消息？牛天星说，什么事？你说呀。牛天星好像对什么事都感兴趣。我说，我听县城街道上的人说，咱们院畔下的那条山路要加宽，202工地可能要搞什么新名堂。牛天星一听，说这就是消息。当时，牛天星就说，山里的安宁不会太久了。当时，他怎么会冒出这样的想法？他问我，202工地是干什么的？我说我不知道。他说，202工地在什么地方？我说，在山里面，顺着院畔下的桃花河再向里面走五十多里路就到了。牛天星说，他想到202工地去看看。我说，那儿有什么看头？他说，有没有看头，看看就知道了。

没几天，牛天星就到202工地去了。他回来以后，我们问他，202工地是搞什么的？他皱着眉，阴沉着脸，在手里捏着土块，捏碎了一个，又捏碎了一个，始终没有回答。202工地搞什么名堂，和我们有什么关系？我们只求有一口饭吃，只求养活婆娘娃娃，把自己的事管好就行了，管它202，管它203干什么？既然牛天星不说，我们就没有再问他。

牛天星毕竟是城里人，他很在乎消息。消息是我从山门口得来的。吃毕早饭，我就去山门口买盐，五里多的山路，要不了一会儿就到了。我老远就听见山门口吵吵嚷嚷的，拐过鹰嘴崖，我一看，山门口聚集了好多人，有的指手画脚，有的皮影儿似的乱动，不知道出了什么事。到了山门口，我才知道，山里人将202工地上的几个人围在了山门口，小汽车上的玻璃也给砸碎了。这恐怕就是牛天星所说的消息吧。听山门口的人说，202工地上的人把什么东西排泄在桃花河里了，牛羊饮了那水不停地拉稀屎，畜生们出坡，就在坡地里乱跑，用头用犄角在山坡上硬抵，好像要钻到地缝里去；小孩子和老人吃了那水，整天沉默寡言，神情呆滞；女人们吃了那水，于羞丑而不顾，见了男人就抹裤子；而男人们吃了那水，裤裆里那东西软塌塌的，好长时间不来事儿。山门口的人将202工地上的人团团围住，要叫他们立即停止在桃

66

花河里排泄那怪东西，因为，河水下游的山里人全都吃的是桃花河里的水。山门口的男人们尤其愤怒，他们将202工地上的人围在中间，挥动着拳头，用粗话脏话不停地骂着。

这事情和我无关。幸亏，我们桃花山有一眼泉水，不然，我们也得吃桃花河里的水，也得和山门口的人一样受罪。正因为我们不饮那水，我们才好好地活着，才没有受作践。我也没有必要围住202工地上的人吐唾沫，吐唾沫是山门口人的事，他们和我无关。我买好了盐，上了坡，坐在山坡上依旧可以看见山门口那里一群像虫子一样乱动的人。山门口虽然人多势众，可202工地上全是公家人，他们人再多能斗得过公家的人吗？怕是不行的。依我看，公家的人，山门口的人是惹不起的。

一上鹰嘴崖，我就看见了桃树新绿的枝条，崖畔上的桃花已经开败了，不准备结果子的花蕾全部从枝条上脱落了。空气在我的脸上拂动着，空气大概是太黏稠了，所以走动得很慢，我的脸上滞留着热乎乎的气味。天上有了云朵，一眨眼，云就越聚越多了。这边山头上的松树给对面山岩上泻下了一团墨绿色，阴沉沉的样子，像在那里守候着什么。

天星和南兰都在院子里，南兰的肚子翘得老高，走路的样子很笨拙。她大概要生孩子了，这女孩儿好像一点儿也不在乎，也不害怕。看来，天星和这女孩儿逃进山里来就是为了生一个孩子，这多么不划算。难道他们一辈子再也不回城里去了？

"有消息，"我给天星说，"山门口有了消息。"

"什么消息？"天星对消息的兴趣好像没有进山时那么浓厚了。人的兴趣可能由着时间而变化的。

"山门口的人将202工地上的人围住了。"

"为什么事？"

"202工地上的人弄脏了桃花河里的水，河两畔的人没法吃。"我说，"你不去202工地看一看？"

"这是迟早要发生的事，今年不弄脏，明年还会弄脏的。"天星说，"山门口人怕是闹不出结果的，靠闹事，什么问题都解决不了，吃亏的还是山门口人。"

"照你说，山门口人就该自认倒霉了？"

"我不是那个意思。"

我说："反正咱们有干净的水吃，管它的！"

天星苦笑了一声，没再说什么。他对山门口人的闹事不知怎么想的。天星叹息了一声，挽着肚子翘得老高的南兰向打麦场西边走去了。西边的云压得更低了，一团一团的云层翻卷着，像重重叠叠的煎饼。穿过云层斜射过去的太阳光雨丝一样淋在天星和南兰的身上，他们俩好像走在云层上面，看起来轻飘飘的。

2　牛天星

黎明时节，天还晴得很好，尽管雾霭很霸道，透过雾霭还是能看见天穹上固定不变的云朵。太阳刚一闪上山头，蹲在山坡上的灰色云朵好像全都被太阳吸吮到蓝天上去了，大面积地占据了湛蓝的天。天地间的事情和人世间的事情一样的微妙、费解，老天大概故意为了区别今天和昨天，让人们记住一个日子，只好给蓝天上堆积大片大片的云，以做标记。也许，这是节气的需要，节气对大地的敏感和人对节气的敏感一模一样，一到什么节气，就会有什么气候，聪明的节气和划分节气的人一样聪明。清明节是最令人伤感的一个节气，尽管节前还晴得彻底、温顺，一到清明节，那个敏感的节气就会召唤满天的云，洒下泪珠一般的雨。清明节的雨最动情，它的来势不会那么凶猛的。祖母说，春天里最怕的是雷雨，春天里下雷雨不是好兆头。祖母不会瞎说的，这可能是她的经验之谈。

站在这里远眺，是能够看见山门口的。我不怀疑田登科带来的消息的真实性。田登科对山门口发生的事情很漠然，他说，自己有干净水吃，谁还管他山门口人干什么。其实，田登科不想管，他也管不了，我们谁也管不了202工地上的那些人。不论怎么说，他不该幸灾乐祸的。一个从千里之外逃进这深山中来讨生活的农民，不该对农民幸灾乐祸的。我原以为，幸灾乐祸是城里人的事，是小市民的事，是山外人的事。没想到田登科也幸灾乐祸！当然，同情对山门口人来说，无济于事，他们需要的是解决实际问题。可是，同情和自己境遇相同的人，是一个善良的人最起码的感情。

我想说，田登科，你不该那样看待他们。当时，我没有那样说。假如当时我说出口，也许田登科会对我翻了脸的。况且，冉丽梅、姑夫和姑姑都在场，他们都替田登科辩解。等那六个雇工离开之后，我对田登科说，你不该那样对待他们。

那六个雇工是田登科从山外请来的。在秋收的日子里，这六个雇工干得很老实很卖力，田登科的玉米和大豆能如期收回来是这六个雇工挥汗如雨的结果。雇工们进地的时候和田登科说定了的，按亩收割，按亩付工钱。结账的时候，田登科提出来要压价，一亩要少付雇工三角钱，而且，什么原因也没有。钱数目倒不大，事情做得太欺人了。一个年老的雇工一看我站在一旁不开口，就给我说，他们的工价是当初说定了的。他想求得我的同情和支持。本来就给人当雇工的田登科只做了几天主人，就变得这样的蛮横不讲理！我很愤慨，我想去阻拦田登科不要那样做，南兰拽住了我的手臂，她对这样的事一点儿兴趣都没有，她要我去看她的画。我说，南兰，你等一会儿，我得和田登科说说的。我将田登科叫到草房内，我给他说，你不能那样对待他们，他们也是出卖力气的。田登科说，这事儿不用你管。我说，你如果没有钱，我替你垫上也行。田登科说，不是那回事。田登科说，我可怜他们，谁可怜我？越是想做好人，好人越没法活。我的话田登科一句也听不进去。我只好离开了现场。

我仔细地看了看南兰的画。我说兰，从你的画面上看，我们不是住在山里，而是被装在笼子里。南兰笑着说，有意思吗？我说，有意思，这里的山有意思，这里的人也有意思。我老远听见冉丽梅对姑姑说，松陵村人坑我们，我们就得坑他们，牛毛得从牛身上出，我们不能白干。冉丽梅的意思是：他们承包山庄的时候，松陵村人坑了他们，多要了承包费，他们就要讹雇工。这是什么道理？

田登科把那六个雇工打发走了。姑夫也是一脸的得意。姑夫和田登科一样，以为桃花山的人胜利了，是赢家，而那六个雇工是失败者。我想，姑夫对待雇工大概也像对待犁地的牛一样，用鞭子抽，狠狠地抽。

南兰一看，我还在关注着田登科和雇工的事，很不高兴，脸上阴得要滴下水来了。

"天怕是要下雨了，"我说，"兰，你看，天上的云。"

南兰说："我不要下，下雨天最讨厌。"

我说："清明节是下雨的日子。"

"我的肚子有点痛。"南兰皱了皱眉毛。

"痛得很厉害吗?"

"不,只是隐隐约约地痛。"

"按你告诉我的日子,至少还有两个星期。"

我安慰南兰:"你不要害怕。"

"我还是害怕。"

"别害怕,咱明天到山外面的医院里去检查一下。"

"不,我不去。"

"你看,兰,天上的那朵云,那朵云像马一样在奔跑。"

南兰没有抬头,她抬起眼睛时,眼眶里溢满了水。南兰哭了,泪水喷涌而出。她真的是害怕了?

3　田登科

　　站在高处向下看,人简直很小很小,只有指甲盖那么大,山的样子不变,还是那么高大。人就不能和山比。桃花山的山算是富饶的山,这里的土长粮食、长茅草、长树木,好像是只要种子落进泥土里自然就会生长,连岩石上也会长出树木来。我们那里的山不叫山,叫秃岭才合适,山瘦得像饿久了的人,长出来的草也是干枯的,牛羊用舌头揽不上。刚到清明节,这里的山已绿上来了,我们那里的山过了立夏才发绿。因此,参说,登科娃呀,你落生错了,你落生的地方不养人,你逃吧,逃到养人的地方去,向上走就出了阳关,向下走是陕西,随便去哪儿都比守在这里强。当时，我没有出走，我离不开爹和娘，离不开那个穷地方。一直守到再也守不下去了，我对冉丽梅说，咱们去新疆吧。冉丽梅坚持要到陕西来，冉丽梅说，她有一个姨娘就是三年困难那年头逃到陕西的，找到了姨娘就有了依靠。于是，我们逃离了故乡，逃到了陕西。托了冉丽梅姨娘的人情，我们承包了松陵村这个山庄的一半，这里的土地养活了我们，也养肥了生产队长（现在不叫生产队长了，其实叫什么都是一回事）。承包土地的时候，冉丽梅的姨娘就对我们说，要长期在桃花山种地放牛就得打点生产队里的干部。按照冉丽梅姨娘的指点，我们就给生产队长送一些扁豆、核桃、洋芋、葵花子之类的山货和粮食，那个年老的生产队长并没有表示不悦或不满。换了那个年轻的生产队长胃口比年老的大多了，他对粮食和山货不感兴趣，他张口就向我们要钱。我从松陵村回来，说明了生产队长的意思，冉丽梅一听，破口大骂生产队长不是人。她说，这里的生产队长比我们那里的生产队长心黑得多。我说，那是因为我们那里穷，其实哪里的生产队长都是一样的。冉丽梅说，那不行，我能叫他一声爸爸，也不能叫他白拿我们一分钱。冉丽梅说她下山去看看是咋回事。冉丽梅去了松陵村七天，回来以后，闭口不提生产队长要钱的事。我真佩服冉丽梅有本事，她竟然把一个生产队长给制服了。我问她：你是不是叫生产队长爸爸了？冉丽梅笑了：我叫他爸爸？他还叫我娘娘（母亲）呢。山外面不比山里，山里的日子似乎是固定的，而山外面的世事像桃花河里的水一样，流得太快了。又换了一个年轻的生产队长，他对我们送的东西一斤一两也不要。到了种麦时节，他要给我们增加承包费。我们的承包权在他手里，我们的命运由他操纵着，我们没有道理和他可讲，是因为他就不讲道理，他的道理就是他手中生产队长的权利。连冉丽梅也没有什么办法了，她在山下走动了一次，回来之后说，我们辛辛苦苦干一年，全叫人家拿走了，我们还在这里干什么？走吧，离开这里。冉丽梅划了一根火柴，要点草房，我夺下了她手中的火柴盒。冉丽梅扑在院畔里的麦草垛子上大哭不止，我说，我们走到哪里去都是一样的，哪里都不会有我们的好果子吃。我说，他们心狠，咱们也不能太善良，人太善良了不行。没几天，生产队长进了山。我们以为，他是来和我们签订增加承包费合同的，可是，他闭口不提增加承包费的事，他先是说，到山里来看看。临走时，才吐了真话：他的小舅子种麦需要一头牛，想借我们的牛用几天。我们就将一头最壮实最年轻的牛借给了生产队长。到了冬天，生产队长还不给我们还牛。冉丽梅又下了一次山，回来后，她才哭丧着脸说，我们的牛算是白撂了（至少值一千元）。从此以后，生产队长再也没有在我们面前提说增加承包费的事。

山里很大，很辽阔，到处是肥沃的土地，是青草茂密的草坡，是大片大片的树林。对我们来说，这个人世间却是太小太小，我们赖以生存的桃花山的土地是承包别人的，我们什么也没有。其实，细细一想，不光是我们，对好多人来说都是这样的。山门口的人不就是为了吃水而和202工地上的人闹事吗？难道那一渠水是202工地上的人的茅坑，他们想怎么拉撒，就怎么拉撒？这些城里人也真是太蛮横了，他们为什么要跑到山里来搅混？怪不得牛天星去年秋天就说，山里再不会安宁了。你气愤也无济于事，我们只能自己管自己了。如果我不是去买盐，我是没有工夫坐在这里想心事的，我们还想什么？我们天生是干活儿的，想心事是不干活儿的人的事，是城里人的事。

冉丽梅问我："你坐在鹰嘴崖上发什么愣？"

我说："看山门口的人。"

"山门口的人有什么看头？"

"坐在鹰嘴崖上看他们，他们很小，只有蚂蚁那么大。"

"哈哈！"冉丽梅笑了，"你站在天上向下看，还看不到人呢，你咋像蠢猪一样。"

"我不是那意思。"

"还有啥意思？"

"我是说，人还以为自己很大，从远处看，太小了，人还没有一棵树显眼。"

"只有你那样的人，月亮地里拉屎，把自己照了个大。你小得很！"

冉丽梅笑得腰身弯在了一块儿。

这有什么好笑的？不是我蠢，是山门口的人太小太小了。

4　牛天星

南兰哭了。泪珠儿挑在她那乌黑乌黑的睫毛上，长长的睫毛一扑闪，眼泪就止不住地喷涌而出了。我像哄孩子似的哄她，我说兰，你不要哭，我听你的，咱不去，不去做手术，叫她生下来，生一个像你一样的女孩儿。我搂住她，用手绢给她擦脸上的眼泪，在她的脸庞上、眼睛上、脖颈上亲吻。她推开了我，掠了掠头发，扬起头，又哧哧地笑了。她说，以后不准你再说去做手术的话。我说，我以后不再说。她说，等明年春天，我给你生一个女孩儿。随后，她仿佛陷入了美妙的憧憬之中，她的眼睛发亮，黑眸子一动不动的，目光似乎已经接触到了未来的色彩斑斓的理想境界。她说，我要把孩子带大，等18年以后，我再告诉她，她的爸爸是谁。南兰坐在打麦场的碌碡上，眼望着远处的山峰和蓝天，她的目光中现出了一缕和她的年龄不相称的淡淡的忧伤。

我原以为她生病了，她在炕上躺了两天，姑姑几次催我带她去山外看病，南兰说什么也不去。几天以后，姑姑似乎看出了破绽，姑姑说，你问一问那女孩儿，是不是身上不来了？我转弯抹角地去问南兰，南兰很平静地说，上个月没有来，这一个月也没有来。南兰的话使我吃惊不小：我们每次的交欢都是在南兰算计的安全期之中，她怎么会怀孕呢？我慌了手脚，不由得害怕。我怎么能使一个18岁的女孩儿怀了我的孩子？我劝南兰去做人流。她不去。我说，你不是说明年要报考美术学院吗？你总不能抱着孩子去上学读书。她说，这不用你管。我说，你不做手术会后悔的，这样会毁了你的前程。她起先是闭口不言，等我住了口，她就变了脸，开始大发作。她说，你还知道我有前程？你知道我有前程就不睡我。你这个老色鬼，你这个自私的家伙！我告诉你，孩子是我们的，不是你一个人的。我不能杀了孩子，你要我做手术，你就先杀了我吧，我死在你的手底下，算是最好的归宿。她一面卡我的脖子，一面破口大骂我是一钱不值的臭文人，是地地道道的流氓，是胆小鬼。说我一钱不值，说我是流氓，你随便骂什么都行，能说我是胆小鬼吗？我真的是南兰眼中的一个懦夫？我的泪水再也止不住，夺眶而出。我躺在麦草垛旁边的草丛中，头脑里嗡嗡地响。我毁了她，我的耻辱和罪恶感驻扎在一个女孩儿的心中永远也洗刷不掉了。打掉那个孩子与否和我的罪恶无关。我做好了迎接死亡的准备，准备让南兰将我卡死，我没有反

75

抗。卡死我，你卡死我。我在等待着。突然，她松开了手。她趴在我的身上，用湿润的舌头舔着我脸上的泪珠，她说，星，我的星，不是你的错，全都怪我，我连累了你。我爱你，真的爱。你答应我，不去做手术，留住孩子，我害怕。我紧紧地搂住她，在她的身上抚摸，看着她略显苍白的脸庞，我的眼泪向心里流，她确实还是个孩子，18岁的女孩子，许多美好的东西已从她的身旁漂走，难以打捞。我的罪恶感无法解除，但自己又无法自拔。我闭上双眼，不敢看她。我说，我答应你，不去做手术。她破涕为笑，说我要你，现在就要。人和人的交情在这时候已完全变成了一种身体语言，身体的对话可以沟通语言难以填平的沟壑。她偎依过来，一只手勾住我的脖子，一只手向我的那个地方摸索。她的情感变化比天上飞驰的云还快。她越是在我面前展示孩子天真单纯的那一面，我的心里就越是难受。

南兰很快平静下来了，我们都不说孩子的事，都不提去做手术。我一想起她肚子里正在生长的孩子心中就不安：这个孩子生下来后，我怎么办？孩子的出世意味着有了事实婚姻，我不忍心把那个从甘肃要饭来的女人轻而易举地打发掉，她为一个家庭付出的太多，离婚对她来说是很残酷的事。我现在还有什么心境离婚呢？

兰，你究竟是想要孩子，还是害怕做手术？这是两回事。我说。

她说，我是想要孩子，也是害怕。这是一回事。

是不是在她的心目中，孩子就是她的爱？或者说，她不是害怕失去孩子，而是害怕失去爱？

我说，你就没有想一想，孩子出世以后怎么办？

她说，我想过，全都想过了。你放心，我不会用孩子要挟你，叫你离婚的。孩子一出世，我就离开你。看来，你比我还害怕，胆小鬼！

一针见血。她用舌头将我的灵魂赤裸裸地剥开了，她的言语像一把手术刀，开膛剖腹之后，腹腔里所见之处是一片污脏，逸散出去的是恶臭恶臭的臭气。我不敢再和她言及做手术的事了。我害怕这个女孩儿，我更害怕我自己。我害怕看见自己灵魂深处那些不干净的东西。我给自己壮胆的手段，是原谅自己开脱自己。我只能这样。

5　牛天星

在沤热的夜晚，我和南兰坐在院畔，一直坐到凉气从天上降下来，从地里渗出来，才回去睡觉。我进了土窑刚躺下，南兰就来敲我的门，她站在门外说，草房中热得无法睡觉，她要叫我去崖畔上乘凉。我隔着窗子说，你回去睡吧，躺下来就不热了。她说她睡不着。我不开门，她就用手在门上乱捶。我只好开了门。她进了窑，站在我跟前，拉下脸，很不高兴的样子。我说，心静自然凉，你去睡吧。她瞅了我一眼，一句话也不说，鼻翼翕动着。我伸手去抚摸她的头发，她断然将我的手臂挡回去了。我说兰，咱们到崖畔上去乘凉吧。她一声也没吭，出了门。她没有上崖畔，径直朝下山的那条路走去了。我拦住她，拉住了她的手，她极力在挣脱。她说，你把我骗到山里来，是想暗算我吗？我要回家去。这是什么话？她又耍起了小孩子的脾气。我一把将她抱

77

起来，她无力地蹬动着双腿，我将她抱进了土窑，放在了炕上。她爬起来，下了炕。我以为她又要走，就去拽她，谁料，"咣当"一声，她关上了窑门。她上了炕，躺在了炕上。我说兰，你睡在窑里，我去睡草房。她翻起了身，拉住了我的手，她说，我不要你走，我一个人害怕。她妩媚地将头偎依在我的胸脯上，呢喃着：星，陪我一个晚上，就这一晚上，就这一晚。她说得很可怜，那样子就像一只需要呵护的小野兽，她可能觉得我还在犹豫，就说，你是我的爸爸，还怕什么？这句话及时地挽救了我。我看见，她给我和她之间搭了一座独木桥，我完全可以从这座桥上走过去。我说，那就睡吧。

刚睡下，我们相安无事。她就躺在我的身旁，她那毛茸茸的呼吸像绸缎一样覆盖在我的意识上，我怎么也睡不着，南兰存在着，就存在于咫尺之间。我只好离开她，用脊背和她筑了一道墙。就在我说服了自己，掩埋好自己的蠢蠢欲动之后，兰，我的兰偎依过来了，她用赤条条的身体紧地偎依住我。她咯咯地笑了。她说，你装什么洋蒜？我就不信你能睡得着。我的心在狂跳。我尽量地使自己平静下来，一只手臂伸过去，在她的头发上抚摸，我极力用理智去排斥一个鲜活的女孩儿的肉体。我说兰，快去睡觉吧。我还能说什么？我能用言语阻挡她像河流一样奔腾的欲念，使她熄灭心中的火吗？我觉得，我是懦弱的。她将我的肩膀一扳，一丝不挂地趴在了我的身上。她又咯咯笑了几声，伸出手无拘无束地在我的身体上逗弄。那只柔软的手过后，我的身上就有毛毛虫在爬动，它穿过了我的皮肉，钻进了我的心脏，我的心跳得更厉害了。我说不行，兰，你还是个孩子，等你过了20岁以后。她说，你这个风流情种，在我面前还吝啬什么？20岁和18岁有什么区别？我确实不想过早地和她上床。我确实不想在那天晚上破坏她（如果说那就是对女孩儿的破坏）。如果在城市里，她可能会过早地被破坏，这在城市里是司空见惯的事，很难引起人的心灵的震颤和痛惜的，她将像许多女孩儿一样，不愿意多保留自己的贞洁一天，因为她并不看重它。我之所以带她进山，是想保住它，并不是为了破坏它。因此，无论她怎样逗弄，我毫不动情，强烈地压制着自己的欲望。她懊丧地从我的身上下来之后又咯咯地笑了，她说，我不过是想试探你，你以为我真的想（她说了一句脏话）？谁想你这个老家伙？她挖苦我，刺激我：你怕是不行了？原来，在她的心目中，我已经没有活力，没有激情，不能干那事，只是一根朽木头而已，是一个老家伙。如果一个37岁的男人已经开始不行，活着还有什么意味？南兰随心所欲地在我的自尊心上踩踏。这个小东西，对男女之事如此熟稔！她不再理我，搬起枕头，睡到了土炕的那一头去了。

第二天晚上，南兰当着姑姑的面说，要我和她一起睡在草房中。她在挑逗我？不仅是挑逗，她轻视我，瞧不起我。她对我只一瞥，头一扬，一副蛮横不讲理的傲慢神情。我看了她一眼，毫不犹豫地说，行啊。

天刚黑定，我们就进了草房。刚睡下一会儿，她就打起了细细的鼾声（这完全出乎我的预料之外）。我还想和她说话呢，我还想试探探她，可她却睡得很死（原来她是假装的）。

躺在她的身旁，我谛听着黄鹂的叫声，黄鹂的叫声越来越清晰越来越急迫越来越高亢。平原上的小麦已经收割完毕，山里也快搭镰收割了。从现在起，城里人开始诅咒火辣辣的夏天，他们的生活永远和收获的喜悦无缘，日子对他们来说不过像木匠的刨子刨过去一样平板，季节永不会流进他们的心中，不会那么刻骨铭心。城市里的季节没有鲜明的标志，城市里的人只能用各式各样的衣服区别季节，而田野上、深山里的每一个季节都鲜明如初，活生生地驻足在你的心里，使你感受到时间流动的美好。躺在凉爽的夏夜里，我心里有一股说不清的很难受的感觉。我明白，从省城到桃花山来，我是在逃逸。在山里，看不到电视，读不到报纸，听不到广播，什么消息也得不到，自己和瞎子聋子没有什么两样。那件事怎么样了？城里人是不是又像往常一样生活？时间太可怕了，它把生活中所有凸起的凹下去的都抚平了。不要说时间会淹没过去，连我自己也变得麻木了。我进山的时候就没有想到，我整天会纠缠在和南兰的情感之中。

在我很清醒的状态中，南兰像前一天晚上一样偎依了过来（她假装在睡梦地里）。我也装作睡得很死的样子，打起了鼾声。南兰捏捏我的鼻子，摸摸我的耳朵，她毫无顾忌地将手伸向了我的下体，她兴致勃勃地挑逗我。我罪恶的欲念睁大了眼睛，十分坚挺，我对她的渴望超越了时间，超越了伦理，我什么也不想，不想对她的呵护对她的破坏不想再为难自己，我只想和一具年轻的火一般的肉体遭遇。我要让她明白，我并不是一块朽木，我是一个充满活力的男人。我一翻身，将她卷在了身下，我凶猛得有点粗暴。她搂住我，大呼小叫着。她笑着说，你这个老东西，真鬼！我还以为你睡着了。我说，你会装，我也会装。她说，还想骗我？没门儿，我就不是你的女孩儿。她呼叫着，叫我再来，再来。她像一个溺水者似的，总想抓住什么，但什么也没有抓住。她的贪婪表露得一览无余，欲望似乎没有能打住的地方。她确实不是一个女孩儿了，她是一个女人，一个地地道道的、成熟的女人，我能感觉得到。我沉浸于和她的做爱之中，我感觉到的是她的火热。那一缕淡淡的遗憾和失望是在我离开她的身体之后来侵扰我的，我极力克制着自己，不让自己有任何表露，我很清楚，我的那点念头具有毒素般的力量，只能让它熄灭，不能让它燃烧。

事毕，南兰哭了。就像现在一样嘤嘤地哭泣。她软塌塌地蜷缩在我的怀里，眼泪顺着我的胸脯流下去，流得我满身都是。我很难破译她的哭泣：是对快活后的回味和感激，还是对失去她的18岁的懊悔？我不想安慰她，也没有安慰她，任凭她自个儿去哭。她抱住我，浑身微微地颤动着。她的眼泪无法渗透我的心，我的内心里空荡荡的。我闭上了双眼，妄图看见收割后故乡那一望无垠的土地，妄图看见省城里攒动的人头和广场上的手臂。可是，我的眼前是一片黑暗，是幽静的黑夜，除此以外，什么也没有。进山前的绝望中，又补缀了一种意味不同的绝望。

在后来的日子里，我们变着戏法寻欢作乐，在草房中，在土窑内，在桃树林，在山坡上。我们厚颜无耻地将饱满的风流随意播撒在桃花山。野外的风流，使我们觉得情趣无穷；山坡上的交欢，增加了我们的胆量。我们无视一切，无视山里的人，无视连绵不断的大山，无视来自群山和大地的声音。我们都觉得，这空旷的大山只属于我们两个，这个人世间只属于我们两个，只有我们存在着，我们完全可以无所顾忌。因此，我们敢于赤裸着身子在草丛里翻滚，一丝不挂地平躺在山坡上面对蓝天白云，以孩子般的天真尽情地游戏。我们都知道，我们是在桃花山，只是在桃花山，我们远离了喧嚣的城市，远离了纷纷乱乱的生活，远离了烦恼和苦闷。

一个天气温和的午后，我们正在草坡上躺着，忽然听见草丛在响动，我恍然看见有一条黑色的蛇仰着头，圆睁着双眼，口吐毒焰，正朝我们溜来了。我大叫一声：蛇！南兰爬起来就跑。我躺着没有动，我的四肢仿佛被捆绑着，想动也动不了。过了一刻，并未见蛇的踪影，南兰小心翼翼地走过来，问我：蛇在哪里？我苦笑一声：溜走了。我们再也不敢在草丛里轻举妄动了，茂密的草丛稍微一动，我们就担心有蛇从草丛中溜出来。我们如惊弓之鸟，神情恍惚，即使在草房中、土窑内交欢，也很难投入。

后来，我才发觉，那条毒蛇是从我的心中跑出来的，它本来就盘踞在我的心中。那天，我之所以躺着没动，大概是在等待它的惩罚。我的罪恶感并没有被快活的潮水窒息，它是一条蛇，一旦气候适宜，就会苏醒的。

南兰似乎没有任何忧愁，忧愁似乎只守在她生活的河对岸，离她还很远很远，我的情绪时好时坏。我尽量什么也不想，让两具身体产生的愉悦将我的忧虑挤干挤净。可是，不行。思想从躯壳中飞出去又溜进来了，人的思想和肉体一样顽强。这是没办法的事情。我一旦活跃了思想就沮丧，绝望，有一种被生活打败了的感觉。

我一想起梁蓓云那副带着哭相的脸就对女人的身体索然无味了，假如要和梁蓓云那样的女人做爱，首先得把脸蒙住，蒙住她脸上的那副道具，然后再进入她的身体。梁蓓云误以为面具就是她自己，误以为那个副处长就是她的本真，误以为她就是创作室的家长，误以为她就是艺术的家长。假如女人不谈情说爱，就令人讨厌了，这句话千真万确。像梁蓓云那样只热爱权力的女人不仅令人讨厌，而且冰冷得可怕，残酷得可怕。

你是不是去广场了？

是的，我去了。我坦然地说。

今晚上你就不要去了，办公室组织了一个舞会，咱们去跳舞吧。她说。

谢谢梁主任。我说，我不会跳舞。

我没有去广场，也没有去跳舞，我到护城公园里去，一直坐到了夜阑人静。第二天，才听人说，有人用砖头砸了舞场上的灯。

很敏感的南兰在监视着我的思想，每当我陷入沉思之中，她就说，是不是又想你们的那位梁主任了？我说是呀。南兰说，想她还不如想我呢，老女人有什么想头？她错了。我看着妩媚动人的南兰，目光顺着她已显丰满的胸脯一直抚摸下去：圆圆的肚脐眼，紧绷绷的小腹，那已隆起的，像肥沃的土地一样的三角地带，一种滑润的感觉和纯粹的对肉体的渴望在鞭打我……色情的想法替代了暂时的不愉快。南兰的话使我有机可乘，我们不再谈梁蓓云，而是谈艺术。我在谈艺术的旗帜下和南兰谈论性。

你快活吗？

快活。

怎么一个快活法？

说不清。第一次有点痛。

哪里痛？

我的头脑里有了猥亵的想法，我搂住她，在她身上乱摸。是不是这里痛？我想听她一句脏话。

不，不是那里，她说，你真坏。

究竟是哪里痛？

她说，肚子痛。

我扑哧笑了。

你笑什么？她说："我的肚子还是有点痛。"

"是不是比刚才痛得厉害了？"

"厉害倒不厉害，就是一阵一阵的。"

"咱们回去吧，叫姑姑看看是咋回事？是不是到时间了？"

"不，不叫她看，一到时间，她（他）就会自动走出来的。"南兰说，"我讨厌女人的手在我的身上乱摸，女人天生是叫男人摸的。"

我抬头看看天，天上的云垂得更低了，卷动着的云团相互之间携起了手。清明节的天总是那么忧伤，灰色的云给人心里未免增添凄凉感。我挽着南兰的手臂向草房那边走去，我心里总是不踏实，总是担心南兰和她肚子里的那个孩子。

"还痛吗？"

"讨厌。老问什么？"

"不痛就好了。"

南兰摇摇头："有点痛。"

6　南兰

我是在肚子的疼痛中半夜里醒来的。我觉得，好像有人在我的肚子里不停地揪动，抓住我的肠子揪，揪得我疼痛难耐，身上出了汗。我睁开了惺忪的睡眼，房间里黑极了，黑得像烂抹布似的挂在角角落落里，窗纸上的亮光仿佛没有苏醒的眼睛疲倦地眨动着。望不透的黑夜使疼痛中的我感到孤单、害怕。我用一只手搂住肚子，身子弓一般绷直了，双腿猛地蹬下去，一只脚蹬在了母亲的大腿根，母亲的那儿捂着一只手！是继父的手，母亲的手没有那么大。我赶紧抽回了腿。我蜷在一块儿，动也不敢动了。

我的头脑里像白糖一样明亮。肚子还在一阵一阵地痛。我承受着双重的折磨：肚子的疼痛和头脑里那个明亮的难以说清楚的东西，只使我觉得很委屈地折磨着我！我不由得在被窝里翻动，我能感觉到，炕那头的四条腿交织在一块儿。母亲说，你急啥？南兰还没有睡着，等她睡着了再……继父说，管她干啥呀？你来……继父后面那一句话说得很脏，很无情。我再也忍不住了，翻身坐起来，拉动了电灯的开关，从黑暗中跳出来的继父依然骑在母亲的身上。我下了炕，拉开门闩，坐在院子里放声大哭。我叫喊着肚子痛。我搂着肚子在院子里滚动。我极力宣泄我的疼痛，不仅宣泄着肚子痛的程度，而且宣泄着我对黑夜里感觉到的那种事情的态度，我用我的宣泄向母亲表白，同时，也在对抗她和可恶的继父。过了一刻母亲才从房间里出来了，她问我，哪儿痛？我只是哭。

从那天晚上起，我不再可怜母亲，我讨厌她！她和继父一样，是个脏东西坏东西。我的疼痛和她有关。一个疼痛的夜晚，悬挂在我的童年，既明亮又混沌，使我难以忘却。这个夜晚是我颤动的起点，也是我麻木的故乡。我曾经同情过母亲，怜悯过母亲。

在县城里上班的父亲一回来就折磨母亲，父亲常常在半夜里折磨她，父亲折磨母亲的方式古老而残酷，使我难以承受。母亲在那个时候太软弱了，太可怜了，她是父亲手中的泥丸，由着父亲揉搓。我扑过去，抱住父亲的腿大哭大闹。父亲像扔一块石头似的将我扔在那个破旧的木柜跟前，他不再折磨母亲，顺手捡起一把笤帚在我的身上乱抽乱打。他似乎不是在抽打自己的女儿，而是在抽打一头卧在犁沟中走不动的牛犊。父女之情从他的笤帚底下流失得干干净净。父亲大概要用我身上的斑斑血渍去证明什么，去说明什么，也是为了从中得到什么。那时候，我还不知道，我是藏匿在父亲心中的奥秘的一个部分，是他觉得很羞耻的见证。使我觉得蹊跷的是，父亲在折磨母亲的时候从来没有当着我的面把心中的难言之苦吐出来，他很少用言语表示什么，只是变着法儿折磨母亲。他将母亲的衣服扒光，用脚在她的下身踢，狠狠地踢。母亲不喊不叫，只是咬着牙，父亲踢一脚，她一痉挛，父亲踢一脚，她一痉挛，那样子极其痛苦。她披头散发，她瞪着双眼，她的全部力气似乎都使在眼睛上，仿佛要用眼睛将父亲吞下去。父亲端着尿盆，一只手将母亲的头颅向尿盆中按，母亲极力从尿盆中挣脱着头颅，父亲喝喊一声：喝！我哭着，扑上去咬住了父亲的手，父亲干嚎了一声，他一扬手，尿盆里的尿水就从母亲的头上泼下去了。

尽管父亲不说，我还是得到了父亲折磨母亲的谜底：父亲怀疑我不是他的女儿。这件事，父亲怎能说得出口？其实，他应该说出来，他为什么不说呢？难道他还碍于我的不合法、不合理的存在？难道他还要照顾他的虚荣？这，足以说明父亲是无能的，无能到了不能言说只能用拳头去对付一个女人的地步。

父亲的怀疑不无道理：母亲有相好，在这个村子里，母亲有好几个相好。远在外地工作的父亲将年轻的母亲留在家里的同时也把机会留给了母亲的相好，父亲大概是调到县城以后才发觉了母亲对他的不贞。在父亲折磨母亲的日子里，我的感情和母亲同起同坐携手相连；我可怜母亲，更依恋她。即使我后来知道了母亲的一些风流韵事之后，我的情感依然不能向父亲那边游移：无论怎么说，你不该将我作为你发泄自己怨怒的对象，假如我是不该出生的，只能和你有关。你应当从母亲的镜子里照出一个男人的无能才是，男人从情感上不能征服一个女人，还算什么男人？

86

我对母亲的可怜在一天一天地削减，并不是我耍小孩子脾气，而是出自种种原因。那时候，我还没有培养出一个女人对于另一个女人很讨厌的感情。我开始恨母亲：你既然无力呵护自己的女儿，为什么要生她养她？我的学业在父亲和母亲的情感纠缠中贻误了。母亲在遭受长夜折磨以后就大睡一整天什么活儿也不干，做饭、喂猪、打扫卫生等家务活儿全部落在了我的肩上。每个星期总有一两天，我无法去学校，十多岁就挑起了家务的担子。从那时候起，我幼小的心灵中就成长着一个茁壮的愿望：长大以后绝不做母亲那样任凭男人欺侮的女人，绝不做。

　　我从心理上排斥了父亲之后继而失去了母亲失去了整个家。对母亲的情感疏远是由她的低贱酿成的，母亲在继父面前太低贱太猥琐了，女人果真都像母亲一样低贱吗？也许，母亲认为那就是贤惠，就是善良，而不是低贱。母亲，你确实是太低贱了！你的低贱就在于将你的身体和思想一同交给了那个肥头大耳的男人去处理去操纵。由此，我怀疑母亲过去的那些相好就不是相好，而只是她的主人，肉体的主人。苛刻地说，母亲是好几个主人的工具。

　　继父原来是他们那个村的村支书。当过几十年村支书的继父养成了一副村支书的派头，总是要把自己凌驾于任何人之上。继父的村支书倒台了，他的派头没有倒台。在继父和母亲组成的这个家庭中，继父像使用一件得心应手的农具一样指挥着母亲，也指挥着我。母亲对继父俯首帖耳言听计从。继父说，今天天气好。母亲就说，就是好。继父说，老李家的女人总是话多，谁家的事情她也爱议论。母亲就说，那女人只会搬弄是非。继父说，如今的世事坏透了，谁也管不了谁。我们那时候，谁还敢不听村干部的话？母亲就说，是啊，那时候是毛主席领导的天下。继父和母亲说话时总是冬花冬花地喊着她的名字，继父故作的亲热和他将近六十岁的年龄很难搭配。母亲是心甘情愿地把自己交给这个大她二十多岁的男人去处置的。在母亲还没有离婚之前，继父就常往我们家跑，他一来，就和母亲嘀嘀咕咕地说什么，他贼眉鼠眼的，嘴巴一张，放出来的咳咳咳的笑声和狗叫差不多。母亲吩咐我将这个秃了顶的男人叫五舅，我从没叫过他一声五舅，我觉得，他阴沉沉的，是一个不怀好意的男人。我对抗他和母亲的办法很简单：不是把门摔得很响，就是到后院里去用棍子敲猪耳朵，骚扰得猪嗷嗷地乱叫。我只盼望他赶快离开，可是，我从学校回来后，他还没有走。我不知道母亲一个晌午和他干了什么。

当他做了我的继父之后，我就知道，这个家庭里没有我的位置了。继父几次撺掇母亲，叫我去村办针织厂干活儿挣钱。我问母亲，是不是他的主意？母亲说，是的。你爸爸也是一片好心，他说他和针织厂的厂长关系好，你在针织厂去上班，干轻松活儿，钱不少挣。我对母亲说，我不去，我才 15 岁，我要读书，我要画画儿。而继父背过母亲却假惺惺地给我说，南兰，你好好读书，今年考不中，明年再考，你母亲不叫你再读，我供养你。继父是在欺哄我，我心里很清楚。你这骗子！你这秃驴！你连买学习用品的钱都不给我，叫我怎么读下去？

我要读书，我要画画。我是我自己的，我不会任凭继父来摆布我，不会做他的工具的。

继父给我许下的诺言不过是欺哄。只有大人才哄孩子。我长大了，你休想骗我，这个秃驴！

7　田登科

老天可能要下雨了。头顶上那些卷成一团一团的云抹平了，像一块抹布悬在天上，那抹布中浸满了水，稍微一拧，雨就落下来了。

"要下雨了。"我说，"丽梅，你向天上看。"

"天要下雨，你能挡住吗?"丽梅说，"你快干活儿。"

"谁还能挡住老天?"我说，"下雨天好。"

"好个屁，"丽梅说，"都一样。"

"不一样，我说不一样。"

"一样。"

"不一样。"

天下了雨，我就可以歇下来，就可以睡一天一夜，就可以由着性子……丽梅那肉身子就是好，下雨天，栽在上面，翻几个筋斗，瞌睡也多了。如果天不下雨庄稼会旱死，人也会渴死的。女人就是男人的泉水，下雨天，你趴在那眼泉跟前，尽管喝，"嘿嘿，嘿嘿。"

"你笑? 你傻笑个屁。"丽梅说。

"不一样。"我说，"天下雨和不下雨大不一样。"

"知道天要下雨了，还不好好地干活?"丽梅说，"一肚子的坏水。"

下吧，现在就下。

8　南兰

我给牛天星老师写了信，我淡淡地说了说我的处境和遇到的困难。两个星期过后，牛老师给我寄来了 50 块钱。他在信中鼓励我好好读书，埋头作画。他说，逆境出才子，他将尽量帮助我完成学业。

我用牛老师寄来的钱买了画画儿的纸张和水彩。我不能乱花他的一分钱。

后来，他就定期给我寄钱来，由 50 增加到 100，由 100 增加到 150。我当然很感激他，感激他真诚的帮助。我不认为他是用金钱在诱惑我，这种说法是我以后从一些小报上读到的男人最卑劣最笨拙的引诱女孩儿的伎俩，电视里也有这样的引诱情节。我相信，我没有陷入引诱的圈套，牛老师没有在我面前说过半句引诱的话，他每一次来信都是谈论学习和做人，有关前程和人生，用词非常谨慎，字里行间流露着师生的尊严，朋友的诚挚，父女的慈爱。他的正派和善良使我感动了，他越是板着面孔，我越想走进他的内心，越想探究他内心的秘密——不仅是一个小孩子想知道大人在想什么的单纯的想法，我想知道他喜欢不喜欢我，我想知道他是不是故意板着面孔，我想……每一个人（不论大人或小孩）心中都有自己的秘密，都有不愿意袒露的那一部分。我先将牛老师换成了天星老师，尔后，又去掉了"老师"，由"天星"直逼"星"，我一步一步试探他，完全是一厢情愿的事情。

他说，南兰，你不要那样。他说，你还是个孩子，你要把心思用在读书作画上，不要胡思乱想，我们是师生之交。他坚持要做我的牛老师。

　　他在推拒中接受了我。我能嗅见信中的特殊气味，这和空气的气味一样，既暧昧又明朗。只有我能嗅见这种气味，我是在密不透风的汉字中嗅见的，他的拒绝是为了接受我的需要。他是一个很智慧的人，一个善于运用文字的人，一不小心就会上了他的当。可我嗅见了。

　　我的情感在天星或星的呼叫中疾速地变化着。他，作为天星或星，已经悄悄地居住在了我的心中，我几乎每天都能看见他，我觉得我已经拥有了他。我说，你给我寄一张照片来，我要给你画像，不是画我想念中的你，而是画一张接近你的你。在那些日子里，我天天熬夜，每天晚上都给他画像，直至画到夜深人静方才罢休。他的画像贴满了我的房间，我和他相处在一起，我用他的画像将我包围着，包裹着。他的眼睛从四面八方盯着我，我脱衣服入睡竟然有了一种羞涩感，觉得他用灿烂的目光审度我的裸体。我的思维从课堂上飞走了，飞进了他的眼睛，他的鼻孔，他的嘴巴，他的心中。我倒希望他说一句勾引我的话，赤裸裸地勾引。可是，他没有说，他对我投入的明朗的情感中注入了一种什么东西，就像天边的星星，忽明忽暗，隐隐约约，使我可望而不可即。我恨他，恨他不敢公开勾引我，即使勾引，也充满着智慧，使勾引失去了把柄，使勾引变得冠冕堂皇。

　　我给他写了一封信，叫他到西水市来，说我有要紧事和他谈。我告诉他，我打工的饭庄在西水市人民路。他没有来。我又写了一封信，他还是没有来。他真鬼，他大约知道，我恰恰没有什么要紧事才写信叫他来的。我是在没有办法的情况下，以饭庄经理的名义给他写信，说我病了，病得很厉害。信写好后，我找人抄了一遍，寄给了他。我相信，我的这一招是灵验的。

果然，我将他骗来了。

我孤零零地一个人躺在四面透风的房间里想心事，他敲开门进来了。我装作病恹恹的样子，没有理他。他问我怎么样？我眼皮翻了翻，没有吱声。南兰，你去医院没有？告诉我，是什么病？他坐在了我跟前。我拉住他的手，我"哇"的一声哭了。他说，我不是来了吗？哭什么？他掏出手绢给我揩擦着眼泪。我翻身坐在床上，撅起嘴用眼睛告诉他：吻我。他摇了摇头，脸上挂着难以捉摸的笑。我固执地说，亲我一下。他腰一弯，嘴唇按在了我的嘴唇上。我能感觉得到，他的嘴唇在颤动，他的呼吸很短、很浅。他伸出手臂抱住我，在我的脸庞上眉毛上亲吻，我扭过头去，不叫他吻我。我扳开了他揽住我的手臂拉下脸说，牛老师，你怎么能亲自己的学生呢？他一下子愣住了，他语无伦次地说，我亲你……只是想……想，你病了……你，需要安慰。我笑了：谁病了？你才有病。我说星，再吻我一下，像刚才一样吻我。他没有再吻我。他站起来，离我远了一些，坐在对面的那张床铺上。他的脑袋垂下去，不再看我。我说牛老师你走吧，我不想再看见你。他扫了我一眼，仿佛要用眼睛把我推得很远很远。他长长地出了一口气，站起来，拧身要走。我从床上扑下来，一把抱住了他。我说，你不能走，我不叫你走。我们都不说话，他看看我，我看看他。他抱住我，把我紧紧地抱在了怀里。

你是个女孩儿吗？他用老师问学生的那种严厉的口气问我。

我不是女孩儿，还是男孩儿？我笑了。

你不要笑，他说，你真的还是女孩儿吗？他的脸有点红，似乎有点词不达意，无法表述自己要说的内容。

我当然是女孩儿，我说，我不是男孩儿。

作为老师，我真不该那样问你的。他说，南兰，你不会怪罪我吧？

我说，我不在乎。

他用眼睛逼视着我。他的眼睛离我那么近，那一双不近人情的眼睛比父亲抢过来的棍棒还厉害。我松开了手臂，离开了他的怀抱。

他直接地问我：你是个处女吗？他紧接着说，我不是侮辱你，我只想知道，当然，你也可以不回答我。我问了不该问的话。

处女是个什么东西？我装作什么也不知道。

你真的不知道？他很惊讶地看着我。处女就是……就是……他的脸憋得通红，最终没有找到恰当的言词。他大概怕落下勾引我的把柄，所以没有用言语解释处女是什么，而我想乘此机会从他的嘴里掏出一句勾引我的话来，哪怕是一句脏话，只要有勾引的意味就行。

你真的看重它？

很看重。

我说，南兰永远是你的贞洁！

他一听，似乎很激动，又要过来拥抱我，我拒绝了他。我说，我没有病，我说得很讽刺，并且装出一副很纯真的样子来。他看了我一眼，又坐到对面那张床上去了。

他真的需要我的贞洁吗？与其说，他需要我的贞洁，还不如说，我的贞洁不过是一个通道，他是想依赖我的贞洁完成他对纯洁、干净、完美的愿望和需要。女人的贞洁对他来说，并不是贞洁的终极目的，可能只是他的理想境界，而不是拦住他的行为的诺言。他是一个理想主义者。我和他有了第一回以后才明白，他的内心既矛盾又痛苦，他仿佛行走在理想和行为的中间地带。这是一个理想主义者的悲剧。

为了不使他太尴尬，我又换了一个话题。

我说，我不想在这个饭庄打工了，你在省城里给我找一个工作。

他说，省城里脏。

几百万人生活在省城里不嫌脏，我能嫌脏？

省城里不适合你这样的女孩儿生活。

为什么？

那不是作画的地方。

为什么许多画家都住在省城里？

所以，他们画不出好画儿来。省城里出不了大画家。

你是怕我进了城以后学坏？

他说南兰，你现在还是个孩子，是一个女孩子。

后来，我明白了他的苦心所在，他是为了呵护我的贞洁。他呵护的目的是为了实现他纯洁的理想，还是为了得到一个女孩儿的贞洁？假如说他诚心诚意为了呵护我，他的得到才是最彻底的失去，因为他的得到恰恰使他对我的呵护失去了意义。人非得为了一个什么意义而活着吗？他的痛苦和忧伤大概来自他心中的意义的产物。

"肚子还痛吗？"

"痛。"我尽量说得轻缓一些。

"那咋办呢？"

"一会儿就过去了，"我说，"不要紧。"

他抬头看着天。云层在草房上似乎搓动着，几只鸟儿从崖畔上飞奔下来掠过了草房上新搭的茅草，直扑到崖畔下面去了。院子里似乎有什么不安定的东西在萌动，连鸟儿也不愿意久留了，落日被云块捂得严严实实的，东边的土崖上凹凸不平的亮光映衬着四周渐逼渐近的黑夜。天星的姑姑和冉丽梅一声不吭地收拾着烧锅的柴草。天肯定要下雨了，空气中雨的气息已很明晰，青草的气味土地的气味也很浓烈了。

"天气比人还灵透，到了下雨的日子非下不可。"天星看着天感叹，"清明节到了。"

我说："这鬼天气，真讨厌。为啥清明节非要下雨？"

天星说："不是下雨，是老天流眼泪。"

我凝视着灰暗的云，觉得有点沉闷。我不希望下雨，下雨天那种宁静使人觉得孤独。我更不愿意看到老天流眼泪。

天星挽着我进了草房。

9　牛天星

草房里的光线已很晦暗了。

我摸到了火柴要点煤油灯，蹲在炕中央的粮子老汉说，等会儿再点。在他看来，天还没有黑严实，点灯是对煤油的浪费。他一个劲儿地抽烟，烟锅中一明一灭的火星预告着他有话要说。烟锅是他情绪的晴雨表，他把他的情绪灌注在烟锅中，从烟锅中吹出来，又吸进去。他的话往往是从骂开始的。他骂老天不睁眼，该下雨的时候一星半点也不下，不该下雨的时候下个不停。他从生产队长骂起，一条舌头横扫了上下几千年（当然，他不敢公开骂社会主义），生产队几百口人，只有他敢骂。如果他不是文盲，如果他不张口乱骂，也许，他会弄一个处级或副处级当一当的，他毕竟吃过十几年的粮（当过十几年兵），他毕竟上过几次大的战场（打过宝鸡，打过兰州）。他没有得到什么官职，当了农民，却有了骂人的资本。

在桃花山，我跟着粮子老汉学会了犁地、撒种、扬场和一个农民应该掌握的全部农活儿。阴雨天或地里没有农活儿的日子里，我就在草房里跟粮子老汉学习编笼子和打席。我最终没有成为一个席篾匠，总共也只卖出去几十只笼子，因为那是一个只允许在社会主义大家庭里共同劳动的时代，妄图用个人的汗水来赚钱花的想法和社会主义的原则是水火不相容的。

在很忧郁的时候，我就爬上崖畔，走进枝茂叶密的桃树林，谛听雾气在树的枝杈间游动。我渺茫极了，心里有一种紧张感，想放开喉咙喊几声或者哭一会儿，可是，我喊不出来也哭不出声，羸弱的身子靠在桃树上默默地流泪。粮子老汉进了桃树林，他把我叫进窑内，说道，你发什么愁？日子长着哩，你还是个孩子，会有好光景过的。他呵护着我，像父亲呵护着儿子似的呵护着我。当生产队长故意刁难我或欺负我的时候，他就站出来粗野地骂生产队长，使生产队长下不了台。在他的心目中，我是一个需要爱抚和呵护的孩子，大人是有责任呵护孩子的。

"你就是个孩子，"我说，"你是一个不听话的孩子，肚子痛，也不好好躺着。"

南兰说："躺着也是痛，一阵一阵地痛。"

"我给你揉一揉吧。"

"不，不是那回事。"

看着南兰那有点痛苦的样子，我找不出安抚她的话语，也无法替代她承担痛苦。

粮子老汉用他粗糙而真实的情感安抚我，可是，他的安抚有什么作用呢？每一条我能看见的路都被堵住了，在那些日子里，我绝望极了。

好多年以后，我考上了省城 S 大学文学创作班，我已不再年轻，三十几年的岁月一闪而过。撇下父母亲，丢下妻子和儿子进城求学对一个需要养家糊口的农民来说，无疑是很奢侈的享受。

可是，在省城里，我不但没有能够展示自己，就连自己智慧的那些部分，纯净的那些部分也被城市消化了不少。因此，当梁蓓云嘲笑我是一个农民的时候，我觉得好笑，她就看不出，我连农民的那点勇气和纯朴也失去了。我变得很计较，很胆小，变得有点媚俗。我极力向物质开始丰裕的都市靠拢（所谓的现代文明），力求和城市同步。

南兰，你听我给你说，那时候，我确实希望你有机会踏进艺术的大门，将来做一个出色的画家，同时，我为你担心，为你单纯而美好的想法担心。你不该改变你对我原有的态度和感情的，当你随意将一个老师在笔下变成情人之后，你知道我是怎么想的吗？我心中那座圣洁的殿堂本来就建筑在沙滩上，稍微的风吹雨打就会坍塌在地。你在我心中刮起了一阵风，把颓丧的接力棒传给我。我想到了占有你，占有纯洁的你，占有你的纯洁！

读着你那浸满情感的信，我相信你不是游戏，你的情感是真诚的，不矫饰，不虚伪。不过，我还是害怕你的年轻，我和自己妥协了，我想和你建立一种精神上的情人关系。我明白，当精神投降以后，做肉体的俘虏是顺理成章的事情。南兰，我是在很失望中妄图得到解脱而和你有了那种事情的，你肚子里的孩子并非爱的产物，他是我失望的证明人。女人不能拯救我，谁也救不了我的。

"不，我不听你的这些闲淡话。"南兰偎了过来，她说，"你听一听，她在肚子里骂你哩，骂你太坏，太坏。"

南兰扳过去了我的头颅，我将耳朵捂在了她鼓起的肚皮上，我仰起脸看了她一眼，极力控制着凄楚的情感向上翻涌：是我将她变成了这般模样。我怎么能让一个18岁的女孩儿生一个孩子，担当母亲的责任呢？

"听见了吗？"

"听见了，她在骂我，骂我是个老浑蛋。"

"不。"南兰说，"你不老，也不是浑蛋。她在肚子里说，她有一个好爸爸。"

我又要做父亲了？这将是多么严酷的事情啊！我以前怎么没有从做父亲的角度去想一想呢？

房间里黑得很厉害了。姑姑走进来给我们点着了蜡烛。

姑姑说："下雨了，你们没有听见？"

"真的下雨了？"南兰下了炕，站在门口，朝院子里看。

姑姑说："刚下了一会儿，你们老早睡觉吧。"姑姑将蜡烛的烛花拨了拨，回到她那间草房里去了。

雨点打在树叶上和草房上，发出了叹息似的声响；最初的雨点稀疏、疾速，但不猛烈，像春天一样温和、随意。我们看不见雨点怎么落地，怎么粉碎，怎么汇聚在一起，我们只能听见在地上溅出来的声音：雨声整齐、细微、哀哀怨怨的，卷起了土地上的泥味儿。

"我的肚子还是有点痛。"南兰说。

"我去叫姑姑看看。"

"不。"南兰说，"你把我扶到炕上去，躺一会儿就好了。"

我扶着南兰上了炕。远处的闪电扑过来在窗纸上划了几道印渍，又摇过去了。雷声在遥远的地方跳跃着，沉闷、压抑，仿佛在预告蓄势已久的爆发。要下雷雨了。早春的雷雨不是好兆头，祖母说。院子里的雨点还是那么稀疏，但来得更猛了，雨点落地时旋出来的声音大概犹如五分的硬币那么大，它坚硬、沉重，缺少应有的热情。起了风。屋外出现了片刻的喧嚣，雷雨大概被风刮得七零八落了，只有风的叫声填满了整个院子。

"还痛吗？"我问南兰。

"好些了。"南兰说，"我害怕下雨。"

"一会儿就过去了，"我说，"清明节的雨不会是很大的。"

我的话音刚落，一道刺目的闪电猛地一抽，一声尖刻的炸响随之而来，雷声仿佛从南兰的身上蹚过去。南兰怪叫了一声，搂住了我，她在我的搂抱中哆嗦着。

"南兰，你不要害怕。"

"我还是害怕，我怕……"

10　冉丽梅

我搂抱着他。他软塌塌地趴在我的身上，孩子似的把头紧偎在我的胸脯，我明显地感觉到他不行了。我还想要，想叫他再猛烈地来一次。不是女人太低贱，女人的身上大概缺几根支撑着自己的骨头，女人得紧紧地靠住男人才行。女人对男人需求的分量其实太轻太轻了，在那一会儿，只要男人抱着女人，只要男人能够将女人心中尚未熄灭的火有分寸地熄灭，女人会觉得满足，会记住这个男人的。杨长厚就是这样一个男人，是一个能揣摩到女人心中去的男人，是女人不会轻易忘记的男人。和田登科相比，杨长厚不是牛一样很凶猛的男人，也没有田登科那么持久，可是，杨长厚却是那种能将女人逗上来火，又能将火慢慢地熄灭的男人。这种男人讨女人喜爱。

和牛彩芹相比，我们两个谁更好？我说。我不是出于对牛彩芹的嫉妒而问他的，我是想知道，杨长厚是不是哄我。

杨长厚说，牛彩芹是块石头，是沟底里那块见不到太阳的石头；你是水，是桃花河里的水。

他没有说牛彩芹有多么糟糕，是因为他没有哄我。牛彩芹确实是太冰冷了，她那冰冷的面孔好像浑身散发着冷气，冷了自己，使她周围的人也觉得身上少穿了一件衣服。她的心中大概很苦；要说苦，哪个女人心中没有一腔苦水？你不该将心里的苦全掏出来贴在脸上呀。活人嘛，还是无所谓点好，你苦也罢，甜也罢，你活得很威风很气派也罢，你活得很窝囊很糟糕也罢，还不是为了一天有三顿饭吃，还不是一死而了结？谁知道，谁是怎么个死法？

咱两个的事，牛大嫂知道了咋办呀？在黑暗中，我一想到牛彩芹那冰冷的面孔，心里就冒凉气。

她知道了不会怎么样的，杨长厚说，你以为她不知道？她早就知道了。

真的？

谁还哄你！

她知道我和杨长厚相好，却装作不知道，这反而使我对她有些敬畏。其实，我畏怯的是我自己。我对自己说，你不该欺负善良人，你和杨长厚睡觉就是欺负她。她的善良就像穿在她身上的衣服，你睁开眼睛就能看见的，你不可能熟视无睹，你不可能无动于衷。假如她不善良，你倒心安理得一些，她偏偏用她的善良压迫你，使你一看见她就羞愧，就自责。可是，我一旦和杨长厚在一起，就什么也不想，就无所顾忌，只想叫他再来，叫他把我心中的火慢慢地熄灭。

刚进山的时候，我们一无所有，我们和要饭吃的叫花子相差无几。杨长厚和牛彩芹在他们并不富裕的情况下，接济我们，田登科感激得把杨长厚叫杨叔，把牛彩芹叫牛姨（后来杨长厚和牛彩芹叫我们不要那么称呼，我们才叫他们大哥和大嫂）。我记不清，在牛彩芹的灶房里白吃了多少顿饭。牛彩芹总是说，我们都是受苦的人，受苦的人要帮受苦的人。老天总算睁开了眼，我们的日子好过了，田登科再也不提杨长厚和牛彩芹对我们的帮助了，他变得很狠，恨不能把桃花山所有能变成钱的东西都寄回甘肃老家，寄给父母亲和孩子们。他很小气，牛天星吃了我们几个核桃，他都计较。我说，你心里只有钱，除过钱，再也不想啥。他嬉皮笑脸地说，除了想钱，就想你。

我说："要下雷雨了，电闪得厉害。"

他说："还没到下雷雨的时节，老天这是干咋呼。"

我说："还讲什么时节不时节，六月天也落过雪。现在，反常的事多着哩，你听，雷声越响越近了。"

他说："你不要害怕，就是下雷雨，也下不了多少的。"

11　田登科

下雨天就是好，到了下雨天，就可以放心地睡女人了。女人是一匹马，只要你能骑到她的身上去，她就会驯服的。每一次，冉丽梅总是扭扭捏捏的，好像不愿干那事，可是，你一骑上她，你胡整她，她就忍不住似的绷直了身子，忍不住似的叫唤，直到张开嘴巴把你吮干咂尽为止。这会儿，她心不在焉，好像骑在她身上的不是人，是一条粮食口袋。

她说："你听谁在院子里喊叫？"

她支棱起耳朵，身子一动不动，任凭我再用劲，她也不吭声。

我说："你是听邪了。"

她说："不，是有人在喊叫，我听得很清。"

我说："只有疯子才会站在雨地里喊叫的，你操心××！"

她说："我下去看看。"

我紧紧地搂住她，我想将她的心思扳回来，扳在干这件事上。她还是心不在焉。

开了春，还没下过一场透雨。我记得，是一月前，大概是 3 月 3 日，雨是在傍晚下的，天刚黑，我就拖着冉丽梅上了炕，开始折腾。我以为，第二天是下雨天，可大睡一天，谁料，半夜里天就晴了，满天的星斗，雨等于没有下。天一明，下了地，我抱住镬头总想睡觉。冉丽梅说，你在炕上那么能行，一下地怎么不行了？我说，这全怪老天爷，说晴就晴了，这是天意。冉丽梅问我，天意是什么东西？我说，我说不清，反正，人是拗不过天的。冉丽梅说，原来你是狗屁不懂，天意就是在天上监视人间的那个神，只有他才能把人间的事情摆平，不然，富人老那么富，穷人老那么穷，这还行吗？冉丽梅说得不错，天意不成全我们，我们能在桃花山站得住脚？当我到县邮电局去给老家寄钱的时候，我相信，这完全是老天成全了我们。所以，我相信，人是拗不过天意的。

冉丽梅总是讥笑我，说我爱钱比爱她更甚。我们活在人世上，就是活在钱里面，我们在坡地里把日头从东边背到西边，除非下雨天睡女人，其他日子里，连女人也不敢睡，就是为了挣钱。穷怕了的人爱钱爱得更真切。说实话，如果我有钱，我是不会娶冉丽梅的，因为，我没有钱，才娶了她。爹要我娶冉家的姑娘，我问爹：娶哪一个？冉家的四个姑娘都未出嫁。爹说，娶老三。我说，我不要冉丽梅，她是个二手货，和老师睡过觉。冉丽梅和中学老师睡觉的事，我们那里的人都知道。爹说，冉家不要一分钱，哪里有这么好的事？娶寡妇也要花钱的。想一想，爹说的也有道理，我生在穷山村，不娶冉丽梅就有可能打光棍。我横下了一条心：娶就娶吧。我没有钱，睡冉丽梅这样的女人也不花钱。一文钱难倒英雄好汉，这话不错。所以，冉丽梅讥笑我，毫无道理。我是从穷日子中走过来的，我穷怕了，我爱钱有啥错？

我按自己的意愿行事。冉丽梅使劲地推我，她显得很焦急。我听到了喊叫声，好像有人在喊。

12　冉丽梅

我说："你松开手，叫我下去看看，回来你再弄，还不行吗？"

我双手推着登科的胸脯，想把他从我的身上推下去。

登科说："你不要动，我还没有完哩。"

登科真像一头饿了几天的牛，两张嘴巴也吃不饱。他紧抱住我不放。

登科说："我听清了，是牛天星和那女孩儿在草房里寻快活，乱喊叫。"

我说："不可能。南兰可能快要生孩子了。"

"你还是少操些闲心吧。"登科说，"你不要动，就这样，就这……"

他的口水流在了我的胸脯上。雨声越来越紧张，人的喊叫在雨声中忽隐忽现，来回穿梭。我的心思从田登科身底下溜走了，不会是南兰和牛天星寻快活，不会的。快活救不了女人，女人只有活得没有办法了才去寻快活，我一看见挺着大肚子的南兰就想起了我自己，想起了拉我下水的英语教师。女孩儿一旦下了水，就不想上岸了。那个老师将我哄上床的时候我只想到了爱，以为那就是爱，以为有了他，我就有了一切。女人爱上了男人就不顾一切了，其实，女人的肉身子是拴不住男人的。南兰真傻，像我那时候一样傻。

我说牛天星，你让女孩儿变成婆娘，这是罪过，女孩儿一旦变成了婆娘，就回不到女孩儿中间去了。如果不是那个英语教师，我在18岁那年肯定读上了师范学校，我将我的18岁抵押给了快乐，一辈子都后悔莫及。因此，我说牛天星，尽管你很善良，可是，你勾引一个18岁的女孩儿，使她将少女时代从刚开始就一笔勾销，这就是罪过。你的善良和你的罪过分量是一样重的。

我再也忍受不了那叫声了。那叫声像锥子一样向我肉里扎，向我心里钻，这是南兰的叫声，她叫得太惨了。"滚！"我一脚将登科蹬下了炕。

13 田登科

"你有完没有？"

冉丽梅一把将我从她身上推下来了。

"你听"，她说，"你还没有听见？"

"听清楚了，是南兰在喊叫。"

"我得下去看看。"

"人家身旁睡着牛天星，还怕什么事？咱睡觉吧。"

我拉住了冉丽梅光溜溜的胳膊，将她拽回了被窝。

冉丽梅常常在我面前卖弄她有文化，她读的书多。我说，你有文化顶什么用？能当饭吃？能当衣穿？能当钱使？在我看来，文化是一钱不值的，庄稼人要靠力气，靠双手在土地里面扒食吃。

我说冉丽梅，你读的书再多也没有牛天星的多，你的文化再多，也不能和牛天星相比。

冉丽梅说，我没有和他比呀。

你就不能和他比。我说，牛天星那么有文化，到山里干什么来了？在桃花山，他的文化等于种在石头上的种子，结不出什么果子来。在桃花山，他这个文化人和我这个庄稼人没有什么两样，甚至还不如我这个庄稼人。

冉丽梅说，你尿一泡尿，照一照，你是啥样子？人家大概是落了难才进山的，能和你比？

我说，他有吃有穿有钱花，会落什么难？

冉丽梅说，贵人也有落难的时候。你就没看见他心事重重的，他肯定遇上了什么事说不出口。人家文化人和咱庄稼人就是不一样，心里想说的，常常不说出来。

她说这话我信，谁都有落难的时候。谁都有苦楚没法给人说的时候。难怪父亲老是说，人皮难背。活人难着呐。

我说冉丽梅呀冉丽梅，你是灵透人就该明白，恰恰是文化坑害了你。你的英语老师不是文化人？他为什么只睡你，不娶你？睡女人就要娶女人，这才是天经地义的。因此，我说，在这一点上，牛天星和冉丽梅的英语老师是一样的人，他肯定不会要南兰的，听牛彩芹说，他在省城里有婆娘娃娃，他还敢娶二房？到头来，吃亏的还是这女孩儿，她将肚子腾空了，还是得嫁人。你能嫁我这样一个庄稼人就很有福气了，你再漂亮也是二手货，只有我这样的人才娶二手货，不然，谁要你？

我给冉丽梅说，你看这女孩儿受罪不受罪？为了腾一个空肚子，躲进了这冷冷清清的山里来。冉丽梅说，你的贼眼睛怎么老盯着人家女孩子的肚子？你就不是个好东西。我说，不是我盯她，她肚子里的娃娃能遮掩得了？冉丽梅说，这关你什么事？我说，这当然不关我什么事。可这牛天星也太不地道了，他咋不敢把大肚子领到省城里去？

冉丽梅说："她可能快生孩子了。"

"是她生孩子，又不是你生孩子，你急什么急？"

"人生人，吓死人。"冉丽梅说，"她大概闹肚子痛。"

"天下这么大的雨，她肚子痛，你有什么办法？"

"她没有经验。"冉丽梅说，"我得看看去，这是人命关天的事。"

冉丽梅要穿裤子，我抓住她的裤腰不叫她穿。

"放手。"冉丽梅说，"你放手不放手？再不放手我就要……"冉丽梅双眼瞪着我，她发躁了。

冉丽梅狠劲一蹬，将我蹬下了炕。她拉开房门，出去了。雨点儿猛扑了进来，蜡烛的火苗儿随之弯了腰。南兰又尖锐地叫了一声。我下了炕，掩上草房的门。

14　牛彩芹

杨长厚竟然能在电闪雷鸣中死睡而去，可见，他的心里什么也不装。一个人的心中一旦装进去什么，稍微的响声就会触动他的心，使他不得安宁。睡着的杨长厚大概把心中的门死死地关住了。

大雨越来越密集，雨点不是打在桃花山上，而是在我的心上敲打。我的心里乱糟糟的。这雷雨真使人担忧：老天爷好像不是在下雨而是在预示着一个什么不好的征兆。清明时节，本该是细雨和风，开春不久的土地需要细雨热烈的滋润，从冬天脱胎出来的庄稼柔嫩脆弱，经不住雷雨的击打，气候的反常会使宽厚温顺的土地难以承受。我总觉得，今夜的雷雨有点苛刻和无情，雷雨后面好像隐藏着什么，站立着什么。但愿不是灾难或厄运，我在心中暗自祈祷：清明雨，你温和一些，最好能善解人意。

滂沱的大雨中夹杂着十分刺耳的声音，我听得出，这声音没有多少力度，却很鲜明，一颤一颤的，使人心寒。我推了推身边的杨长厚，他在睡梦中说，放开我，我没有、没有参加。我在他的屁股上拧了一把。

"你没有参加什么？"

"什么也没有参加。"

他似醒非醒的。他在说梦话。

"你起来听一听，是什么响声？"

"是天下雨。"他说，"我真的没有参加。"

杨长厚又死睡过去了。

不对。雨声不是这样的，雨声没有这样生动，也不会向人心里钻。雨声是死的，这声音是活的：它用活生生的、生命力很微弱的力量区别开了雨声、风声和来自天地间的所有声音。噢！是人的声音，是谁在呻唤？是冉丽梅，她常常将女人本该刻在心里的快活挑在舌尖上，像尿布一样叫人看。不，不是呻唤，呻唤是难以抑制的，带点宣泄的味儿，有人为的痕迹。这声音是直接的，毫无办法的喊叫，好像是迫在眉睫，妄图把什么东西牢牢地抓住，却没有力量能够抓住。不是冉丽梅呻唤，是南兰在喊叫，我听清了，是她！在这雷雨之夜，她的喊叫声像春天光秃秃的山坡上刚露出的草尖，细嫩、显眼，似乎能看见它生长时的艰难和势不可当。我急忙下了炕，向天星和南兰住的草房中跑。

我推开门一看，南兰在炕上蜷成了一团。天星用毛巾给她擦额头上的汗水。

"南兰怎么了？"

"她肚子痛。"天星说。

"多长时间了？"

"痛了大半天，一阵一阵的，响雷那阵儿痛得厉害了。"

我端起蜡烛一看，南兰的脸有点发白，嘴唇是青的，整个身体看起来紧张、急迫。

"痛死我了。"南兰双手捂着肚子不叫我看。

"够日子没有？"

"按她说的，还差十多天。"天星说。

"天星你真糊涂，痛了多半天，咋敢拖到现在？"我说，"她要生了。"南兰叫唤着。她双手紧抱住肚子，好像稍微一松手，凄厉的喊叫就会由手底下释放出来似的。我一看南兰那很痛苦的样子，不再犹豫。

"快把她向医院里送。"

"雨这么大，咋去呢？"天星为难地说。

"就是下刀子也要送到医院去。"

每一个人落生到人世间来都是对母亲的折磨和威胁，只有做过母亲的人才有这个体味。稍微的疏忽大意都会危及母亲或孩子，况且南兰只有19岁，是头生，不比生过二三胎的婆娘，揉揉肚子，鼓几把劲儿，孩子就会落草。在这么一个不正常的环境中，不正常的生孩子实在使人担忧啊！

"天星，你把门板卸下来，准备抬人，我去喊你姑夫和田登科两口子。"

"门板那么沉，能做担架？"

"现在还管沉不沉干啥？你去卸吧。"

"姑姑，"天星说，"你看不去县医院行不行？"

南兰也呻唤着说："雨这么大，我不去。"

我说："不行！快去收拾，再迟些时辰就会出麻烦的。"

南兰在炕上躺着，我不能说得很严重，其实，事情已经很严重了。我狠狠地瞪了天星几眼，我说，你等着出事，得是？快去！天星大概看见我很严峻，他这才去卸门板。

15　冉丽梅

我进去的时候南兰还在呻唤。天星拿着斧头在门上敲，他大概要卸门板。彩芹嫂提着草帽正要往出走。屋子里的气氛有点紧张，连蜡烛也胆怯地向一块儿缩。

"你来得正好。"彩芹嫂说，"我正准备去喊你和田登科。"

"是不是南兰要生了？"

"要生了。"

"咋办呀？"

"向县医院抬。"

彩芹嫂的口气不容置疑。

"抬就抬，"我说，"万一出个差错就麻烦了。"

"你和天星卸下门板绑一个简易担架，我去喊那两个男人。"彩芹嫂说。

"你把登科从炕上拖下来！"我说，"这些男人们真是木头一块。"

彩芹嫂一头钻进了草房外面的大雨之中，天和地被雨水织成了一片。南兰的呻唤把风声和雨声隔得很远，很远。没有生过孩子不知道肚子痛。女孩儿这时真是太可怜了，谁也没办法代替她受罪。

天星的斧头没有一点儿力气，砸了几下，门板卸不下来。我从天星手中要过斧头，两斧头下去，就把门板卸了。天星显得有点慌乱，绳索提在手中，不知道怎么往门板上绑。

我说："天星，你去给南兰擦擦汗，我来绑。"

房间里的紧张气氛大概有一半儿是天星制造的。天星比南兰还害怕，天星脸上的颜色都变了，他拿绳子的手有点抖。

天星一个劲儿地问南兰："还痛不痛？"

南兰说："痛。"

我说："问什么问？天星，你去找两根抬杠来。"

16 牛彩芹

杨长厚还在粗声粗气地打鼾睡觉，即使天塌地陷好像也和他的睡觉无关，他真能睡啊！我一把撩起了他身上的被子。

"快起来！"

杨长厚的腿一屈，双手在空中乱抓，他还在抓被子。

"天下这么大的雨，你不睡觉，发什么神经？"

他醒过来了。

"南兰要生了。"

"生孩子是你们女人的事，喊我干什么？"

"娃快疼死了，得抬到县医院里去。"

杨长厚翻身坐起来，他揉了揉眼窝，有点吃惊的样子。

"有那么严重吗？"

"很严重。"我说，"再迟误，恐怕会出麻烦的。"

"雨这么大，"杨长厚的脖颈向窗外伸了伸，"能不能等到天亮了去？"

"你去还是不去？"

"我没说不去呀。"

"还问啥哩？赶快下炕。"

杨长厚下了炕，他披了一件蓑衣，走进了大雨中。大雨像乌鸦的翅膀似的不停地扇动着。夜黑黪黪的，简直就是一块石头，坚硬、强大。我一口气跑进了田登科的草房，身上淋得透湿透湿，头顶上的草帽只是一个表示，什么作用也不起。雨太大了。

田登科把被子抱在怀里，一条精腿撂在被子外面，他的嘴巴半张着，鼻孔里使劲儿地向外吹气。他睡觉的姿势被蜡烛映在土墙上，样子像没有抹匀了的泥巴。我在他的屁股上拍了一把，他翻了个身，嘴里咕噜着：我不来了，你打死我也不日了，我困得很。这个坏东西！她以为冉丽梅在挑逗他。我捏住他的耳朵狠劲儿一拧，他叫唤了一声，一看是我，将被子向脖颈跟前拉了拉。

他说："彩芹嫂，是不是杨大哥用你来换冉丽梅？"

我抓住他耳朵的手没有松，又狠劲儿拧了一把。

"哎呦！"他叫了一声。

"你这个坏东西，尽想那好事！"我说，"登科，你快起来。"

"下雨天，不干那事干啥呀？"他说，"冉丽梅呢？"

"冉丽梅跑不了，你快起来。"

"出啥事了？"

112

田登科爬起来穿衣服。

"南兰快生了，我们要把她抬到县医院去。"

田登科一听，衣服还没有穿齐整，又钻进了被窝。他说："我不去。"

我真没有想到，他会说出这样的话。

"不去也得去！"我说。

"天下这么大的雨，我不要命了？"

"你算什么男人？"我说，"娃在受苦，你咋能不管呢？"

"如今这世事，谁管谁？"

"你去不去？只说一句话。"

"彩芹嫂，雨这么大，总不能叫我白跑一趟。"

"是不是要钱？"

田登科不吭声，他在挠头发，他想要钱，又张不开口。这个熊东西，在人命关天的时刻，他还在想钱！

我伸手一个耳光扇过去，由于打得太狠，我的手掌都打麻了。田登科干叫了一声，他捂住了半边脸，似乎还没觉察到发生了什么事。我头也没回，走出了草房。我朝草房吐了一口。这个狗男人，把钱看得比命还重！驴日的田登科！

17　冉丽梅

彩芹嫂披戴着一身雨水进来了。她抹了一把脸上的雨水，看了看我和天星。

113

"担架收拾好了没有？"她问我。

"收拾好了。"我说，"登科咋没有来？"

"他不去。"彩芹嫂说，"他呀，就不是人！"

"他咋能不去呢？我去喊他。"

"没有他，我们照样能把南兰抬到县城去，"彩芹嫂说，"咱们走吧。"

"不行！"我说，"我要叫他做一回人。"

我冲进了大雨之中。我能看见，我的身后是南兰忍无可忍的目光和彩芹嫂愤怒的眼神，是牛天星对我、对山里人的希望。人对人是不是真诚，只有在危难之际才能体现出来，田登科这个熊东西，咋能说他不去呢？我一脚踹开了草房的门。田登科舒坦地躺在被窝里，我抓住他的脚踝向炕下面拖。

"你放开我，丽梅。"他叫喊着。

"我问你，你给彩芹嫂是咋说的？""我没说我不去。"

"还说了什么话？是不是提到了钱？"

"我说……我，我说我不能白干活儿。"

"你是男人！"我骂了他一句，"我就知道你是这德性，你的良心叫狗吃了，是不是？"

"我没说我不去。"

他在脸上抹了抹，手在头发里挠。我松开了他的脚踝。

"少说废话，穿上衣服快走，南兰肚子快要痛死了。"

"我没说我不去。"

他一边穿衣服，一边嘟囔着，好像很冤枉似的。

18　牛彩芹

　　我们将南兰抬上了担架。长厚给南兰的身上加盖了一块塑料布，他用绳子将塑料布和担架捆在了一起。

　　冉丽梅抓着田登科的手腕进来了。

　　田登科说："彩芹嫂，我没说我不去呀。"

　　冉丽梅说："你犟什么嘴？给彩芹嫂认个错就算你没事了。"

　　我说："还认什么错，快走吧，再耽搁就麻烦了。"

　　冉丽梅说："登科，你和长厚哥抬前边，我和天星抬后边，叫彩芹嫂给咱打手电。"

　　田登科没有说什么，他抓起了抬杠，四个人抬起了担架，还未走出门，田登科说："稍等一会儿，我去给牛拌一槽草。"

　　冉丽梅说："你的牛饿不死。快走！人重要还是牛重要？"

　　我们走进了如注的大雨之中。黑夜一口吞没了一副担架和五个人。南兰继续呻唤着。

　　"还痛吗？"天星问她。

　　"痛……"

　　南兰的回答声被雨声撕成了碎片。

　　"忍着点。"冉丽梅说，"生孩子就是要受点疼痛的，一生下来就啥事也没有了。"

　　"姑姑呢？姑姑在不在？"

　　进山这么多天来，南兰第一次喊我姑姑。我的心里不由得发热：多好的一个女孩子呀！她就是我的亲侄女。我不能叫她出半点差错，她就是外人，也不能。

我说："我在你跟前。你忍着点，不要怕。"

她说："我不害怕。"

第三章　夜行
(1990 年 4 月 5 日夜)

1　南兰

　　在那会儿，我觉得有一只大手在我的肚子里随心所欲地掏取，掏了一把又一把。我咬紧牙关把疼痛一口一口地向肚子里咽。那疼痛像波浪似的翻涌，我咽得越快，它来得越勤。我确实是拿自己没办法，就像当初我拿自己没办法一样。当初我拿自己没办法才和天星上了床。原来，快活是和痛苦紧紧相连着，快活的另一头就拴着痛苦，痛苦伺机算计着快活，痛苦往往被快活的茅草遮掩着，使人不易觉察，也意想不到。难怪，妈一刻也离不开男人，却咬牙切齿地骂男人。妈说，女人的全部灾难都缘于男人。男人在女人的身体里制造着快活的同时，把痛苦推给女人，让女人自己去承受、去消化。在那会儿，我只是想，我的身体再也不会接纳任何男人了。天星，牛天星！你这个流氓！你这个坏蛋！我恨你，恨不能咬你一口，把我的疼痛咬碎。我扭过头去一看，天星刚刚睡着，他很憔悴，头发凌乱，脸上的皱纹尤其显得清晰、深刻，他被我的肚子痛捉弄了半个晚上。他大概正在我的疼痛的睡梦地里游弋，不然，他会把眉毛舒展开的。他的疼痛在心里，我的疼痛在肚子里。他大概受的苦比我还要多。我不能责怪他。

我真该把肚子里的那个小东西取掉才是，我没有想到，那个小东西会搅得我疼痛难忍心神不安。天星苦口婆心地说服我，叫我去做人工流产，我没有依他。从肚子里拿掉那个小东西就等于从我的身上把天星对我的爱洗得干干净净，等于从我血液中把天星对我的感情抽走而不留任何痕迹。天星肯定不是为了免除我的痛苦而说服我、规劝我的，他劝我去做人工流产是有自己的想法。我想，只有肚子里的那个小东西才能证明我对天星的爱是具体的，是触摸可及的。那个小东西将和我的爱一起成长。当我这样想的时候就觉得，我必须像保护我的生命一样保护爱在体内生长、裂变，变成另一个生命。我没有想到，痛苦离我的爱并不遥远而近在咫尺。我不可能想到惩罚，也不知道惩罚是怎么一回事儿。十八九岁的女孩儿不会想那么多，如果想那么多就不是女孩儿了。

母亲说，能好过一天就是一天；人从一生下来就朝着坟地里走，死去以后是一把骨头一把灰，什么也留不下。所以，母亲说，人趁年轻的时候得活几天好人，不然，就后悔了。

"我痛，痛死我了。天星，你救救我。"我说。我抓住了天星的胳膊。

你乱抓什么？被子在这儿。母亲说，你好好睡觉。

我睁开眼一看，母亲冷眼看着父亲，父亲靠住木柜站着，他紧紧握着拳头，脸色发黑，用暴怒的目光和母亲对峙着。母亲说，你还讲什么良心？我就不信人有良心，我也不信人有前世和来生，我只信现在啊。父亲说，你这样做，不要说对不起良心，对不起我，你连南兰也对不起。母亲冷笑了一声。

"我痛，痛死我了。天星，你救救我。"我说。我又抓住了天星的胳膊。

母亲说，你乱抓什么？你放开我，叫我走，我不为难你，你也不要为难我。父亲说，你滚，现在就滚。

母亲之所以和好几个男人相好，大概是由于她勇敢地解除了心理羁绊，任凭自己信马由缰地在自己的天地里奔跑。不然，父亲对母亲的折磨怎么会毫无意义呢？父亲刚一回县城，母亲的相好就来了，母亲很快把擦干泪痕的脸换成了满面春风。我的血管里流的血大概有多一半来源于母亲，我的秉性中的贪于享乐大概是母亲的遗传。

我们会受到惩罚的。

一夜交欢之后，天星闷闷不乐地自言自语。

我问他：你是不是后悔了？

感激还来不及呢，后悔什么？

害怕了，是不是？

我谁也不害怕，我只害怕我自己。

谁还会惩罚咱们？

兰，你还是个孩子，天星说，惩罚是一种内心生活。

"是不是在惩罚我？"我说。我之所以想到惩罚，是因为我的肚子痛得实在没办法。女人生孩子肚子都这么痛吗？我就不信。如果生孩子对女人折磨得这么厉害，谁还要孩子干什么？

"不要胡思乱想，"天星说，"好些了吧？"

我说："这会儿好多了。"

我拉住了他的手。

2　牛彩芹

　　我得不时打起手电朝她的身上照一照。尽管她的呻唤像月光一样照亮了我的提心吊胆，我还是担心。她的生命在我的手电光中奔流，在我的心中奔流，生命变成了一种力量和我的提心吊胆相抗衡。雾蒙蒙的手电光照不出她的呼吸，看不见她的心脏在跳动。可是，她在手电的光亮中存在着，尤其是那凸起的肚子特别触目惊心。她的存在会使我们五个人中的每一个人都觉得安稳、充实，我们对她以及对我们自己都满怀希望和信心。

　　一阵一阵的大雨随风而至，雨点随意在我们身上扑打。雨点一经进入手电的光圈便十分急促、有力，它们像是从地面上蹿出来的无数个虫子，跳在了盖住南兰身体的塑料布上，用无数张嘴巴在南兰的身体上愉快地啃咬着。

　　"姑姑，你把手电灭了吧，越亮越看不见路。"天星说。

　　我说："我看一看南兰。"

　　手电光一灭，南兰就好像不存在了。黑暗扑面而来，团团围住了我们。

　　我说："手电光灭了，你们能看见路吗？"

　　田登科说："能行，你捏灭吧。"

　　于是，我捏灭了手电。其实，我最怕手电光和手电光中使人触目惊心的雨点。

　　到了这个时候，她还想伸手去抓天星？我能感觉得到，她那

120

只摆动的手缺少力度，但手臂传达的渴望特别真切，她大概渴望天星能够拉住她的手与她同行，或者亲她几口，或者安慰她几句，女人在这会儿就显得特别孤单特别脆弱特别无奈特别需要人照料，而且，以为男人能拯救她们，能减轻她们的痛苦，或者为她们去背负一部分痛苦。女人是多么的傻，尤其是这个涉世不深的女孩儿就特别傻，她不该过早地把自己交给男人，交给爱，或者说交给情欲，女人的爱会养肥了男人的欲望，使他们变得十分贪婪，变得麻木不仁。我能感觉到，她在狂热地爱着天星，即使不是爱，也至少是一种需要，肉体的需要，情欲的需要，心理的需要。我就不相信天星会用等量的爱或情欲去回报她，我从天星的目光里、神情中以及言谈中能读得出，天星的心没在女人身上，女人对他来说，不是我们对于土地庄稼对于太阳花儿对于雨水一样须臾离不开。女人对于天星来说，永远是临时性的。因为有一种永久性的东西已经驻扎在天星的心里了，所有的临时性的东西必须为这个永久性的东西让开道。他能够为永久性的东西去奋争，甚至牺牲临时性的东西，也不会被临时性的东西所纠缠。我了解他的品性，他是这样的男人。

爱的本身是一种虚无缥缈不可触摸的东西，它的欺骗性就在于它的不具体，你只能感觉它，尤其是当有人用话语来传达爱的时候，爱就会像桃花一样，漂亮得灼人眼目，一场风雨过后，花瓣纷纷落地，爱随之凋谢。我也曾经被杨长厚的话语所诱惑，后来，我发现，当他喊得最起劲儿的那会儿，恰恰是对我背叛得最彻底的时候。从爱中跳出来，站在爱以外看男人，看人世间，你就会觉得，人的活着也是临时性的，爱当然也不会永久。强烈的爱欲是对临时性的破坏。十七八岁的女孩儿常常在爱的蒙蔽之中，常常在爱的虚幻之中，她们对纯情太大度了，太挥霍了。因此我说，天星是有负于南兰的，他是拿他的临时性去回报一个女孩儿热烈而真挚的情感的。他会不会内疚呢？假如他冷静地回首往事，他可能会内疚的。

"南兰，南兰。"天星连叫两声，声音有点紧张。

南兰说："我在呢。"

"现在怎么样？"

"还痛。"

"你忍着点。"

"我忍着哩。"

雨的声音，黑夜的声音，几个人的脚步声，天地间的声音汇在一起，隔开了天星和南兰的说话声。

3　南兰

"天星，你在我跟前吗？"

我听见他在很远的地方说："在，在你跟前。"

"还远吗？"

"不远了。"他说，"南兰，坚强一点。"

我从塑料布下面伸出手想拉住天星。我没有摸着天星，我触摸到的是雨夜，我只能感觉到雨点打在了手上。雨点比人心还冰凉。

"南兰，你不要动，把手放进去。"天星的姑姑说，"你不要老想肚子，你想想其他事情肚子就不痛了。"

我不想，肚子也痛。我还能想什么呢？

进山时的初衷已在我和天星的交欢中不知不觉地改变了。我发觉我对作画儿没有任何悟性，失去了往日的渴望和迫切。天星老是逼我，当天星坐在草房里读书的时候就逼我去山坡上写生，我在山坡上枯坐半天，什么也画不出来，思绪跟着对面山坡上的牛和羊奔跑。我无法将自己固定在寂寥的位置上，心中的孤寂像四周围的草一样茂密，我拿着画板，闷闷不乐地回到了天星的身边。天星一看我的画板就沉下脸来说，这样下去，你还能再考美院吗？我哧地笑了！再考学校将来当一个画家似乎已成为自己欺骗自己的最好的措辞了。自己给自己制造一个幻境，自己生活在自己的幻境之中是很愉快的事情。天星将画板塞给我，他说，走，我去陪你写生。坐在打麦场上，天星说，你就画那几头牛吧。我看着离我不远处的几头牛发呆：一头很凶猛的大黑牛走到了比它小得多的紫红色牛跟前，用长长的犄角一挑，就将紫红色的牛抵翻在地，那头壮实的黑牛威风凛凛地立在坡地上用一种傲慢的眼神看着它四周的几头牛。天星说，你快画呀。我说，画什么呢？天星说，就画这几头牛，它们抵倒了同类，又被同类抵翻在地。可是，我画不出来，只是觉得好玩。牛和牛斗起来互不认输的顽强劲儿特别有意思。

在冬天白亮亮的日子里，我特别孤独。坐在草房内，隔窗而望，满山光秃秃的，两只鸟儿偎在干枯的树枝上十分小心地啾啾几声后飞走了。我对天星说，咱下山吧。天星问我要去哪儿？我说去省城。天星说他不去省城。我说随便去哪儿也行，只要不在山里。天星说行啊，我们已经做好了下山的准备。天星说，下了山，你首先得去做引产。我一听，天星给我上圈套，就断了下山的念头。我宁愿让那块肉在我肚子里成长着，成长为巨大的疼痛，再用疼痛来回报我，我也不愿意下山去做引产。

屋外的风声雨声和雷声被我的疼痛推得远远的，疼痛将我提起来又放下。我只想拿牙把什么东西咬住，用双手把什么东西抓住。我在无可奈何的情况下咬住了天星的肩膀，双手紧攥着他的手腕，我的牙齿印在了他的皮肉上，他的血渍进入了我的口腔。他的肩膀动了动。

"痛得很吗？兰。"天星小声问我。

我几乎要哭了，强忍着，没有回答他。

"我给你揉一揉。"

"不行。"我说，"不行，不是要拉肚子的那种痛。"

他将我搂在怀里，一只手在我的肚子上抚摸。我不由得呻唤、尖叫。天星大概吓坏了，他放下我，下了炕。他高声叫骂着老天：为什么偏偏在这个时候下雨？显然，他已慌了手脚，无能为力了。

天星的姑姑进来了。

天星的姑姑在我的肚子上摸了摸。

她说："赶快将南兰送县医院。"

我说："雨这么大，怎么到县医院去呢？"

"南兰，你不要害怕，"她说，"我们一定要想办法把你送到医院里去。"我能不害怕吗？雨这么大，四五十里山路，他们能把我抬得动？

"天星，你不要走，你在我跟前。"

"我在，"天星说，"南兰，你放松一点，我不会离开你的。"

担架抬出了草房。刚一上路，我心里平静了些，钻心的疼痛暂且离开了我。我看不见雨夜，只觉得四个人抬着黑夜在艰难地行走；只觉得黑夜像铜墙铁壁一样坚固。我的身子晃动了一下。我听见担架咯吱咯吱的声音被雨点打得潮湿而小心。这清明雨太凶了。

才清明时节，怎么会下这么大的雨？他们肯定走得很艰难的。

4　牛彩芹

我敢说，只有我才能窥见天星和南兰之间的不真实：看似形影不离，看似恩恩爱爱，这只是影子，不是他们的本身。这并不是年龄之间的悬殊造成的，天星的心里好像有很痛苦的东西，他被这些东西纠缠着，他和南兰相好，只是为了解脱他的痛苦。在事业上失败了的男人往往试图通过爱情突围，或者在性爱中寻找抚慰。那是枉然。因此，我说天星，你是造孽，你这样做，是害她。如果说你受到了挫折，或者失败了，就要想办法爬起来，重新再来，你不能把你的未来抵押在女人身上。

天星双手抱住头，手指头伸进头发里，紧紧地揪住满头黑发，一句话也不说。

我说，当然了，在这里，没有人干涉你，你婆娘不知道，你想怎么就怎么，你的良心呢？

天星那张忧郁的脸变得痛苦不堪。他叫了一声姑姑，突然哭了。他孩子似的抱住我，将头埋在我的怀里全身抖动着。

他说，我是没有任何希望了。

我说，你听姑姑的话，回到省城里去，好好地写文章。

回去？天星抬起了头，他冷笑一声：省城里容不得我。

那么大的省城咋容不得你？我说，你写你的文章，谁把你能挡住？

他说，事情不是你说的那么容易，那么简单的，一些事，你不知道，一点儿也不知道……

既然是这样，我还能说什么呢？也许，天星有难言之苦。他并非借南兰的身体给自己的人生找出路，或者说以此慰藉。但愿他是用一颗心爱那个女孩儿。

每一个人的血液中都流动着自私的物质，我只能自私地为我的侄儿着想。我总觉得，不幸和灾难就像悬在半山腰中的那块石头，它会在你忘乎所以的那一刻出其不意地滚下来将你打翻在地。我最担心的是，天星会在和那个女孩儿的纠缠中忘乎所以，招致不幸和灾难。

你真的爱我家天星？我问南兰。

你说呢？她扑哧笑了。

天星是有婆娘和儿子的。

这和我有什么关系？

你年龄还小，我说南兰，你将来总归要嫁人的。

她说，我爱天星和嫁人有什么关系？

我说，你这么贪欢，能画好画儿吗？

你不懂。她说，画好画儿和爱天星是一回事儿。

我就料到，这女孩儿的爱只能结出苦果来。在南兰喊得最厉害的那一刻，我在心里说，你现在该想到我给你说的那些话了吧，爱的负面大多时候是由女人背负的。让疼痛多维持一会儿，多在你心里居住一段时间，你就牢牢地记住了：人到这个世界上来不是为了享乐的，人到这个世上来注定是要受苦的。即使享乐也是草上的露水，转眼即逝，而受苦要伴随你一辈子。

南兰钻心的喊叫具有坚强的抵抗力，抵抗着每一个人邪恶的想法，而以此唤醒人的怜悯和同情：她是一个女孩儿，是一个无辜的女人。我不能眼睁睁地看着她受折磨，我只有一个念头，把她送往县医院。

在风骤雨急之中，我必须张开耳朵，必须听到她呻唤的声音不可。她每呻唤一声就离希望接近一步，当南兰呻吟的间隙拉大以后，我的心不由得在颤动，不由得打开了手电筒在她身上寻找跌入深谷的声音。

"还痛吗？"我问她。

"好点了。"她说。

"不远了，"我说，"南兰，你痛得厉害就喊叫，不要硬撑着。"

其实，路还远着呢，只走了五里多。我们的每一步似乎都不是在丈量路的长短，而是在考验生命承受的能力——南兰能坚持到县医院去吗？最难走的路还在前面：下杨家沟，翻十八岭，过桃花河，转石虎嘴，过了这些艰险之处，方能出山。

山的面目一点儿也看不清，离我们最近的山也是模模糊糊的，像黑色的云团似的在我们的头顶上盘旋。空气中游荡着清明时节的鬼气，山头上跌下来的哀哀怨怨的流水声仿佛人的哭泣，不停歇的大雨击打得抬担架的四个人摇摇晃晃。天星差一点儿跌倒在地，我一把拉住了他。

"天星，我来换你。"我说。

"我还行。"天星说。

"你逞什么能？"冉丽梅说，"路还远着哩，叫牛嫂抬，她比你强。"

我换下了天星，抬起了担架。

翻十八岭那面大坡的时候，田登科叫喊着要我们放下担架。我们以为他抬不动了，就将担架放在了路面上。

"牛嫂，"田登科说，"你和冉丽梅在前面去抬，我和杨大哥抬后面。"

"这才像人说的话。"冉丽梅说。

上坡时，抬在后面的人要比抬在前面的人用的力气多，力气大的人走在后面可以推着前面的人上坡。田登科显然为我和冉丽梅着想。我们调换了位置，开始翻十八岭。

5　牛天星

我从姑姑手中接过手电筒。我不时地将手电打开，路面越照越暗，越照越看不清。我打了个冷战，手中的手电筒晃动了一下，我想用手电微弱的亮光熄灭心中的恐惧，盘踞在我心中的恐惧只有在这样的夜晚才会活跃起来。空气中有一股恶狠狠的、不怀好意的味道，我们的周围是毫无边际的阴森。

在手电光熄灭的那一瞬间，我觉得，只有我们七个人（包括南兰肚子里的孩子在内）在黑漆漆的雨夜里赶路。我们是一个难以割舍的团体，我们的心在一块儿跳动，我们谁也离不开谁。只要我们存在，我们就会有胆气，我们能够相互驱赶盘踞在彼此心中的恐惧。我的身体贴着担架走，这样，就离南兰更近一些。

我拉着南兰的手，姑姑将我换下来以后我就一直拉着南兰的手。南兰的手那么纤小，那么柔弱，那么孤寂。她用她的手向我表示：只有在这样的时刻她才需要呵护需要抚慰。她通过手将信息传达给我，她的 19 岁的生气并未削减，她完全有信心有能力支撑下去的。

"兰，还痛不痛？"

"还痛，"随之她又改了口，"不太痛了。"

"害怕吗？"

她没有回答我。

她大概在啜泣。没有出声的啜泣，把放声大哭强压着。

我真不该这样问她。人在这个时候最害怕的是难以克服的恐惧，乘虚而入的恐惧会威胁、削弱、侵蚀人的勇敢、力量和勇气的。我应当鼓励她克服怯懦，胆气很正地坚持下去。我紧握着南兰的手。她的手臂动了动，她用手回答我：有你在，有你们大家在，我就不害怕。

无论怎么说，你已经给她的心里布下了害怕的阴影。尽管在这个时候忏悔是没有用的，用道德评价你的行为也是没有用的，但你必须正视你的心灵深处的那一团不干净的东西：你充分利用了她，利用了一个年轻女孩儿的单纯、幼稚、天真和对美好事物的向往，实现你对孤寂和恐惧的逃避。你对肉体的享乐只不过是逃避人生的一个途径，其实，你对女人的肉体并没有多少欲望。假如说你是为了呵护她，你就应该无条件地帮助她完成学业，帮助她走上成功之路。况且，你就没有呵护她的能力，你连自己也呵护不了，还能呵护一个18岁的女孩儿？她的纯真她的贞洁只是做了你的牺牲品。你的绝望只是个人情感的一部分，你的孤寂只是耐不了寂寞的说明。你和世俗的生活贴得很紧，在世俗的生活中翻滚沉浮。一个真正的绝望者，一个真正的孤独者，是能够和尘世生活持久保持距离的。

你可能觉得，你是在她的央求下才进入她的身体的；你可能觉得，她的主动进攻是审判你的良心的辩护词。你就没有想一想，她的明确表示不正是你渴望达到的目的吗？在你和她交往的那几年中，你的每一封信都暗藏着勾引的意味，勾引她做你的情人。你当然明白，她是一个很灵透的女孩儿，你的勾引是不会扑空的。她在信中不止一次地说，要报答你对她的帮助，聪明的女孩儿用报答向你发出了信号，你当然能揣摩出"报答"的内容，你当然渴望她所言及的"报答"和你暗想中的"报答"是一回事儿。为了落实她的"报答"，你在信中对她说，你不需要"报答"（多么虚伪），劝她不要有"报答"你的想法。与此同时，你试探她，你拿什么来"报答"我呢？你说，你只有当了画家，画出了出色的画，才算"报答"了我（多么道貌岸然）。她似乎比你更机敏，她能读懂你暗藏的欲望，她用不明确的语言明确地回答你：我的报答会使你大吃一惊意想不到的，你等着吧。你将她的信读了一遍，又读了一遍。你的心怦然而动。

你终于得到了她的"报答"。你搂住她，趴在她的身上问：你是不是打算这样报答我？她说，我没有什么值钱的东西，我只能这样来报答你。你问她：你爱我吗？她回答：爱。你说，是真爱还是假爱。她说，是真爱，一点儿也没掺假。

她的痛苦根植于你的满足之中。她肚子里的孩子将和你的耻辱一起长大。疼痛的1990年4月5日将成为她生命中的一个界碑，启示她，也启示你。

我只希望能够替代她的疼痛和疼痛对她的折磨。所以，姑姑要替换我的时候，我坚持不让她换，我宁愿让木杠子把我肩膀上的肉压肿、磨烂，也不愿轻松下来。用这一种痛苦代替另一种痛苦是唯一的办法。而冉丽梅却以为我逞能，她的话使我很伤心，到了这个时候，我还逞什么能呢？

南兰长长地呻吟了一声。她在担架上翻动着。

130

"是不是痛得很厉害？"我问她。

她说："我想吐。"

"你吐吧，就吐在路上。"

我帮助她侧身躺在担架上。她翻肠倒肚地呕吐着，好像要把肚子里的疼痛全都吐出来。

"停下。叫南兰吐一吐再走。"姑姑说。

我们将担架放在了路上。姑姑拉了拉冉丽梅的衣角，她们两个朝后面走了。我以为她们去解手。

"呕吐不是好兆头。"

"抬不到县城去咋办呀？"冉丽梅说。

"抬，累死累活也要把她抬到县医院，"姑姑说，"不能把她撂在半路上。"

姑姑和冉丽梅到几丈开外去说话，可能是为了躲开我。她们的话语还是被风送了过来。呕吐果真不是好兆头？我真担心。

南兰胃中的食物大概已经吐完了，她只是干呕着，身子一抽一抽的，似乎在痛哭。

"快赶路吧，现在雨小了些，等雨一停，十八岭上就会有滑坡。"姑夫说。

"冉丽梅，"田登科说，"你听见了没有？十八岭上闹滑坡，咱六个人一个也逃不脱，你还磨蹭啥？"

"你就那么怕死？"冉丽梅从后面赶上来说，"你怕死，就不要到人世上来。"

"年轻轻的，说什么死呀活呀的，多不好听？"姑姑说，"快赶路吧。"

四个人又担起了担架，步履艰难地朝十八岭走去。

我撩起了塑料布的一角，用手电照了照南兰，她的脸色苍白，脸上的线条一点儿也不柔和了，眼睛似乎没有任何表情可言。

"还想吐？"

"不，不想吐了。"她说。

我悬着的心还是放不下，她会不会有什么危险呢？我真担心。

"你把手电捏灭行不行？"田登科说，"手电刺得人看不清路。"

6　田登科

这个牛天星，你老把手电弄那么亮干什么？你以为一支手电筒就会照亮路面？手电越照路越看不清。天虽然很黑，亮光在自己的心里呢，路也在自己心里呢。心里没有光没有路，你就是打上一万个灯笼火把也会栽倒在沟里去的。天下着这么大的雨，要在这么黑的黑夜里辛辛苦苦地走完几十里的山路，一支手电筒是靠不住的，得靠自己的眼力，得靠自己的力量。人活在世上，谁也靠不住，全得靠自己。爹和娘只给了我一条命，我的命是一条细线，生下来没几年就挂住了饥饿。1961 年，我才 4 岁多，爹和娘大概觉得他们熬不过去了，就一遍又一遍地给我说，娃呀，你要记住，你家在甘肃定西县太平公社太平大队。爹和娘在即将饿死的时候还祈求我逃出一条活命后不要忘记我的出生地在什么地方。那年月，饿死人是平平淡淡的事情，没有人哭，大概人也没力气哭，挖一个坑埋上土就什么事也没有了。人说没就没了，我

132

能活下来真算万幸。我的命是从饥饿中捡回来的，所以，我不希图什么大福大贵，我只有在下雨天才能和冉丽梅寻个快活。和女人撒半夜欢，你就不会觉得活人苦，你才会忘记那个把你的牛牵走的生产队长，忘记人世间的不公平，忘记有权势的人的可恶。这个人世间太不公平了，那些不干活儿的人，那些一滴汗也不流的城里人，好像老天都在偏袒他们，他们吃饱了没事干就给庄稼人找茬儿。牛天星也算是其中的一个，你放着自在不自在，跑到这深山中干什么来了？你在城里不耐烦了，就到山里来游玩，夜夜搂着小女孩儿寻快活，你们城里人真会活人呀！你就没想想，我们庄稼人辛辛苦苦，从天明忙到天黑，再苦再累也得干下去；老天爷再为难我们，我们也得把地里的庄稼收回来把种子又种到地里去，我们能逃脱这苦日子？谁还有心思去游山玩水。我们辛苦一年，打下的粮食大概不够你们吃几桌酒席的饭钱。你们这些城里人，你们这些有钱有权的人就不想想，你们吃我们的喝我们的，心里就那么踏实？现在，我不能不恨牛天星，你使我们山里人在下雨天也不得安生，你以为你把人家女孩儿的肚子弄大后就没事了？这是两条人命呀，可不是闹着玩的。你们城里人吃饱了喝足了就挖空心思地去玩人家的女孩儿，你大概没有想到会玩出这样的好果子来吧。

　　平心而论，这个牛天星并不下眼看我们山里人，我也能看得出，他的心离我们受苦人很近，不能说他就是坏人，他的心肠善良着哩。那天，我从山门口回来，他叫我带着他去202工地，他要和202工地的人论理。还论什么理？哪里有道理可言？山里的树山里的草山里的水山里所有的东西都不可能是我们的，连我们自己的也要受人家摆布，还有什么能力去和人家抗争？不要说人家弄脏了桃花河里的水，就是人家不让你吃这水不让你种这地，你还有什么话可说？牛天星好像一点儿也不害怕202工地上的人，他破口大骂，骂202工地上的人不顾老百姓的死活而胡闹。他说，202工地上的人为了赚钱不顾山里人的死活，污染了水和空气，这太可恶了。他说，山门口人还算是硬汉子，敢和202工地上的人辩理。他对我说，做人千万不敢软，你一软，人家就硬。他说，那个生产队长再来敲诈你，你就告诉我，我去和他讲道理。你讲道理有什么用？生产队长不会和你讲道理的，只要他一开口，不叫我们再承包，我们不是自己打了自己的饭碗吗？活人难得很呐！

其实，对于活人，庄稼人的需求很微薄，只要有粮食吃有房子住有零钱花就行了。我爱钱有什么错？冉丽梅骂我是没血没肉的东西，到了人命关天的时候还讲钱？冉丽梅一进门就很凶，她问我去不去？我说，我没说不去呀。我说，天下这么大的雨，牛天星给我出钱是合情合理的。就是给城里人把钱顶在额头上，城里人也未必在这么大的雨中去抬一个人赶四十多里的山路。雨这么大，天这么黑，四十多里山路，谁知道一路上会出什么事？我这么一说，冉丽梅就披头盖脸地骂我，她凶狠地说，就是你死在路上也要把南兰抬到县医院里去。她说着，拉起我的胳膊就要走。我是爱钱，我爱钱有什么错？没有钱的日子我过够了，我出力流汗就是为了挣钱。可我并没有为难牛天星的意思。我怎么能见死不救呢？只要能救下这女孩儿，今晚上把她抬到天尽头，我也去。那女孩儿的呻吟把铁石心肠的人也能够打动的，我在心里说，你忍着点南兰，我真受不了你那呻吟。

7 冉丽梅

在这个时候，最担心的是吐和尿。如果连自己的尿水也控制不住，人就快完了。幸亏，南兰只吐了几口就不吐了。彩芹嫂虽然不说话，她心里可能慌得很。她是过来人，她明白，南兰的命在手里提着。生孩子死人的事还少吗？最不好过的是牛天星，他问南兰话时嗓音都有些颤动。我小声给牛天星说，不要怕，我们一定能够把南兰抬到县医院去的，老天爷不会为难一个女孩儿的。我们有一颗善心，心中自然就踏实。田登科抬着木杠还在嘀咕什么？我能听见他心里的声音，他嫌南兰不住地呻吟。南兰呻吟是好事，如果不呻吟，事情就糟了。

"走呀，"我对田登科说，"你脚底下放利索一些，快到十八岭了。"

我听见他长吁了一口气，没有吭声。

"田登科！"我叫了他一声，"走呀！"

"死婆娘，喊啥哩？重量都压在后面了，你到后面来试试？把我的屎都挣出来了，你还喊？"

这时候，抬在后边的人必须多出些力。

我扑哧笑了。这还算个男人。登科虽然自私，但在紧要处还算个男人，能给女人上脸的。人各有长短呀！

8　田登科

　　我正在坡里犁地，南兰跑过来了。南兰说，你扶着犁，我给你吆牛，行不行？我说行。我将手中的鞭子给她，看她怎么吆。我扶着犁把向前走，她跟随在我的旁边。她一甩鞭子，那鞭梢子回过来打在自己的手腕上了，她痛得哎哟哎哟地叫唤。我要过来鞭子，给她教了个样子，她照我的样子去打牛，牛大概觉得有人给它挠痒，身子弓起来，站着不走了。她看着两头牛哈哈大笑。我问她，你是哪里人？她说她家在山外边。你爸你妈是不是农民？她气喘吁吁地说，我没有爸和妈。咋能没有爸和妈呢？你是从石头缝里蹦出来的吗？她说，大概是。她沉下了脸。她的脸变得真快呀，真是个女娃娃。她跟在犁后面跑了几个来回就跑不动了。她说，真好玩呀。她把犁地看得那么轻松？把活人过日子看得那么轻松？犁地是那么好玩，你怎么用鞭子打了自己的手腕呢？这是需要出力流汗的体力活儿。我在心里说，这女娃，活人过日子不是好玩的事。人没吃过生蜂蜜，不知道胃里有多难受。

　　她将手里的画板挥了挥，说，你歇一会儿，我来给你画一张像，怎么样？我说，你会画像？她撅着嘴说，你小看人，我咋不会画像呢？我说，那好吧。我将犁插在地里，坐在铁犁上，南兰开始给我画像。

　　她将画好的像拿来叫我看，我看了看，她画得一点儿也不像。我在心里说，你能画个啥？你还是玩你的好玩去吧。冉丽梅接过画像看了看，不住地夸奖。南兰说，田大哥，你是个睁眼瞎子，看不出好坏来。我说，你看你，把牛犄角画成了两把大弯刀，我的腿有你画的那么粗？按犁把的手有你画的那么大吗？冉丽梅说，人家是在画画儿，又不是照相，你懂个屁。冉丽梅可能以为南兰画得好，就把南兰叫来，给她画了一张像。依我看，纸上的冉丽梅简直就是一团没有劲儿的稀泥，冉丽梅还说画得好。既然你娃有这本事，跑到山里干什么来了？是不是图好玩来了？日子要一天一天地过，活下去不是容易的事情。趴在婆娘肚皮上受活得很，一会儿就过去了，活人过日子的路还长着哩。庄稼人要靠本事，在这个人世上，你就是靠你的本事活人，也不一定活得很滋润。你要吃要喝要穿要戴，你要养儿育女，你会被许多烦恼事缠住不放，你必须时时刻刻准备应付飞来的横祸。难着呢！

不是为了活人过日子，我和冉丽梅从甘肃跑到陕西干什么来了？出门在外，日子再好，你也是客人。家乡的土地虽然不养人，但好坏是在家里，躺在家里的热炕上，听两个孩子说话，那才叫愉快呢。愉快的日子谁不向往？可向往顶屁用。为了活人过日子，你还得奔波在外。你得忍受别人的欺负，你有气也只能憋在心里。活人是实实在在的事情，你说是不是？冉丽梅？

我说，冉丽梅。

说话的声音被下雨的声音死死地覆盖了，冉丽梅大概没有听见我叫她，她没有回答我。

"冉丽梅！"我又叫了一声。

"你喊什么？"冉丽梅说，"这里的坡很陡，你用点劲儿向前推。"

我给腿上使了点劲，双手抓紧抬杠，向坡上面推动。杨长厚也在使着劲。他的喘气声比下雨的声音还明亮。冉丽梅和彩芹嫂一会儿喊叫使劲儿推，等一会儿又叫我们两个慢慢来，她们的双脚大概抠不住很陡的路面，不住地打滑。她们两个一打滑，担架就不平衡了。我真担心这两个女人跌倒在地上。我们将担架抬上了陡坡。抬在了一个平缓的转弯处，幸亏，谁也没有跌倒。我们都长长地喘了几口气。

我说："冉丽梅。"

冉丽梅说："你认为我们是在逛大街？不住地喊我干啥呀？"

"我们把南兰抬到医院以后，我得赶快回去。"

"那你还想住在县城里？"

"我要回去喂牛。牛只吃了一槽干草。"

"你现在操心赶路。你的牛饿不死，"冉丽梅说，"就是饿死了牛，也要把南兰抬到县医院里去。"

我是庄稼人，我就得操心我的牛。生产队长将我的一头牛白白地牵去以后，我心疼了好长日子，我一想起我的牛，眼泪就往心里流。有权的人可憎得很，他们明明地讹你，你还不敢说。这世事，哪里有公道可言？冉丽梅说得对，人家要了咱的牛，咱就有地可种；不要咱的牛，咱就没地了。这么一想，我的气消了一大半。庄稼人不可能像城里人那样有楼房住，有小汽车开，有佣人使唤，属于庄稼人的已很少很少。你只有几头牛，只有几间破房子，只有几身旧衣服，就连这很少的很少的一部分你也很难保住。其实，庄稼人只要能够保住很少很少的一部分，也就心满意足了。除此以外，我还敢奢望什么呢？不就是一头牛吗？

风停了。

雨停了。

黑夜发出的丝丝缕缕的声音好像在喘气。

我们几个人的脚步声分外响亮，步子都不太干脆，脚底踩在路面上的响声有点拖泥带水。黑夜大概就要醒过来了，它可能正在睁眼睛，前边的那一束亮光可能是从黑夜的眼缝里透出来的。我们行走在十八岭上，从路旁的土坡上和模模糊糊的山峰上可以判断出，我们在十八岭上只拐了三个弯。雨停了并不是好兆头，雨一停下来，钻进土地表层的雨水就开始向深处渗透，而十八岭全是松松垮垮的土坡，雨水渗得多了，那黄土就会脱离坡体前呼后拥地滑下来。

"快点走！"我说，"只要能转过第六道弯，就会平安无事。"

"第六道弯那儿经常闹滑坡，"一路上很少开口的杨长厚说，"咬住牙，赶快上！"

我们几个加快了脚步。我们似乎不是抬着一个人，而是抬着一个危险的信号。

我说："冉丽梅，你听，啥在响动？"

"你快走！"冉丽梅说，"你的耳朵听邪了，啥也没有响。"

不对。有一缕隐隐约约的响声就在我们头顶盘旋，响声沉闷而迟钝，它越逼越紧了。大概冉丽梅他们几个早已听见了，只是没有声张罢了。我明白，马上就要滑坡了。假如山体崩溃，我们五个人，还有担架上的南兰和她肚子里那个尚未出世的孩子就会被滑下来的黄土淹没，属于我们的那很少很少的一部分和我们一起将从这个雨夜起变成尘埃变成青烟，这一生什么也没有了，包括我们的想头也没有了。响声越来越清晰，我们不能被黄土埋掉，南兰还是个孩子，她不能死；我们的两个孩子还需要我们养活！娃娃不能没有爹和妈。还有我的牛我的粮食我的农具。我的心跳在加快，我大声呐喊：

"快跑！滑坡了！"

我们五个几乎在同时放开了步子奔跑。

我们一点儿也跑不动。我们已经忘记了我们的肩膀上抬着两条人命，我们不顾一切地只管逃命。

侥幸的是，滑坡来得并不迅猛，涌动的黄土有秩序地向下滑动着，我们每跑几步，滑下来的黄尘就在我们后面紧撵几步。我们被灾难逼着，灾难似乎还有点人情味，不想即刻把我们就吞没，它在追赶着我们，恐吓着我们，使走在后面的我尤其害怕，说不定前边的人走过去了而将我和杨长厚压在黄土里面。我不能死。我不敢再回头了，我只盯着前边，前边的每一寸地方都比后边安全。我拼命地向前跑，眼看着就要穿过第六道弯了，这时候，好像有一股狂风从我的耳边卷过去了，我觉得，我被谁猛地推了一把，我跌倒在路上了。

9　冉丽梅

登科跌倒在地的时候也没有忘记双手紧紧地抓住抬杠用力将它举起来。他的力气真大。危险的情势竟然使他变得这么机敏。假如他扑倒在地，随之扔下抬杠，杨长厚也会被带倒的，南兰肯定会从担架上摔下来，摔下来的南兰会怎么样，就很难预料了。多亏了登科。这才像个男人！

我们将担架放在了路上。

牛天星一放下担架就激动得大喊："田大哥！田大哥！"

他对田登科的感激溢于言表。

我用手电筒一照，登科一条腿跪在路上说："我真怕被黄土压死。"

我说："死了便宜了你，南兰还没有抬到县医院去，你咋能死了呢？"

牛天星弯下腰，不顾一切地用双手扒拉着埋在黄土中的登科。他的小腿被埋住了。

登科说："冉丽梅，你把我扶住，小心他们几个把我的腿弄断了。"

我说："你忍着点，埋得不深，一会儿就扒出来了。"

彩芹嫂说："你不要硬向外抽，好好地趴在那儿，我们给你扒土。"

我伸手去扶他，登科紧紧地握住了我的手，两只手紧攥在一块儿。登科不停地给他的手上使劲，几乎要把我拉倒在地。我觉得，尤其在这个时候，他离不开我，我也离不开他。

我说："我是你婆娘。"

他笑了："我还以为我抓着的是一根木头。"

我将手电筒向坡顶一照，滑了坡的地方似乎在摇摇晃晃，长长的山坡上好像被谁啃了一口。

我说："你们几个扒快点，说不定一会儿又要滑坡。"

杨长厚和牛天星满身满脸都是黄泥。杨长厚的鼻息粗重，牛一样喘气。牛天星撅着屁股，双手扒拉得很勤。他们从黄土中把登科抱出来，抱在了担架旁边。

"咋样？腿没有断吧？"我说。

登科站起来了，他摆动了一下那条从黄泥中扒出来的腿，说："有点木。"

彩芹嫂蹲下来，双手在登科的腿上搓动着，揉搓着。

"腿没断，"登科说，"南兰还没有到县医院呢，我的腿咋能断了呢？"

登科走动了几步，忽然高叫一声："我的鞋！"他惊慌失措地说，"我的鞋埋在里面了。"

他返回去，弯下腰在黄土中扒拉他的鞋。

我将他拉了起来。

我说："你吃啥惊？鞋值钱还是命值钱？再滑一次坡，把你压在里面，抬担架就少一个人。"

登科惋惜地说："我的那双解放鞋才穿了十几天。"

牛天星说："田大哥，一进县城，我就给你买一双鞋，你放心。"

登科说："你不能哄我，得买42码的解放鞋。"

牛天星笑了："就买42码的。"

坡顶上又开始向下溜土了，山坡善解人意地向我们发出了信号。

牛天星要把自己脚上的鞋脱下来给登科穿，登科坚决不要。登科说："我光脚板能行。我到了7岁，才开始有鞋穿，脚板子是从小练出来的，石头也割不破。"

牛天星说："那不行，路上满是大石头小石头，你的脚怕是挺不住的。"

登科说："你的鞋我就不能穿，至少要小两个码。"

我说："天星，你们不要争了，你田大哥的脚比你的脚有耐力，你就叫他光着脚板走吧。你把你姑姑换下来，咱们快赶路。"

下了十八岭南坡，天空开始发亮。我抬眼一看，走在前边的登科腿有点瘸，我真忍不住想问他一声：你是腿痛，还是脚痛？他的腰板向上挺了挺，似乎是向我的疑虑和怜惜作表示：他啥也不痛的。他的脚板肯定是被路面上那些棱角分明的石头割破了，黑暗中，我似乎能看见，血水和着泥水，带血的脚印，一个又一个印在了路面上。他的耐力大得惊人，我比谁都清楚。为了省鞋，每次犁地的时候，他都光着脚板，连续犁半个月山地，他从未说一声脚板痛。老乳牛踩了他的脚，他的脚面肿得老高老高，我说，你就歇两天吧。他说，咱是农民，没有那么娇气。情势这么危险，时刻有滑坡的可能，他还记着埋在黄土中的那双解放鞋。这也难怪呀，穷日子过惯了，好像任何东西的浪费和损失，他都不忍心，好像任何到手的东西他都万分珍惜。作为一个男人，他确实很吝啬，他的吝啬不会使人觉得羞耻的。和那些强取豪夺的人相比，吝啬并不算什么毛病。有时候，他就吝啬得太过分太可笑了。他吝啬得将干那事也要放在下雨天，似乎他的那一身力气在天晴的日子里只能交给土地。他就没有想到，女人一旦想要，还管它什么样的天气，在什么地方。我料定他是知道我和杨长厚之间的事情的，我料定他说不出口。我真希望他能说出来，能用粗话骂我几句，能扇我几个耳光，至少也得说，我是知道的，冉丽梅，你不要那样。

登科说："冉丽梅，你不要那样。"

我说："我怎么了？"

登科说："你不要推着走。路还长着哩，省点力气吧。"他在心疼我。

我说："我以为你走不动了。"

登科说："你放心，就是把南兰抬到省城里去，我也趴不下的。"

10　牛天星

天空越来越亮了。天上的乌云在游动，在升高，在变薄。

祖母活着的时候说，清明节前后，人的灵魂要从天上回到人间来。因为人的灵魂要在阴雨天行走，所以，清明节就要下雨，而且雨势来得快，也去得突然。老天大概要用云开日出来验证祖母说过的话是准确的。

已经能够看见桃花河的河水了。浑浊的河水卷着浪花向山外流去，河水撞在石头上，撞在河岸上，发出的响声悲悲切切的，使人觉得凄然无比。

我走几步叫几声南兰，走几步叫几声南兰，南兰一声也不呻吟了。我从南兰裹着的被子里伸进去了手，在她身上摸了摸。

我说："姑姑，南兰的身上很烫，她大概在发高烧。"

姑姑说："不用担心，马上就过桃花河了，一过河，就出了山。"

"南兰。"我叫了一声她。

"我好着呢。"

南兰的回答比较微弱，我已经无法再安慰她了，我可能比她更害怕。

11　牛彩芹

　　和我们几个相比，南兰是多么可怜呀！她那么早就把女人的痛苦揽在了怀里，这是她放纵自己的结果。由于她的放纵，可能消解了对女人本身的害怕。当她彻底变成了女人之后，她会觉得，她的放纵和身处的环境相去甚远；她会发觉，这个人世间原来缺少的是温情，是真情，不是女人本身。

　　我几次试图和南兰谈谈她的家，她总是在回避，她只谈自己，而不触及家。她自负地说，她只有自己，她是她自己的，似乎她有理由支配自己。

　　你是自己的又能怎样？你为什么不坐在属于自己的课堂上去？你为什么不去画你自己该画的画呢？你为什么要跑到这深山中来？这里面肯定是有原因的，肯定有什么东西在威逼着她。如果只用女孩儿的贪欢来证实她和一个男人的私奔，对于南兰和牛天星来说，都太简单了。南兰并不是很简单的女孩儿，牛天星更不是简单的男人。每一个人都有自己的难言之苦，都有属于自己的隐私，何况是南兰和牛天星。南兰和牛天星之间肯定有说不出的事情深埋着。

　　"南兰。"我叫了一声。

　　她好像是动了动，没有吭声。

　　我说："天星，你给南兰把被子向上拉一拉。"

　　天星说："我来拉。"

145

天星俯下身，撩起被子看了看南兰。他吁了一口气。

我已看得很清，田登科的那只光脚从路面上抬起来的时候不太灵便，他的光脚板大概磨得血肉模糊了。没有他不行，这一路上，他一个人简直能抵得上两个人。假如说，田登科不去抬南兰到县医院，我就和他闹个你死我活。只要做过女人都会知道，女人在这一阵子在这一晚上有多么难熬，况且她只有18岁。她的骨头还太嫩。我们有责任救南兰，救南兰就是救我们女人自己。万一她有个差错，我们的良心会一辈子不得安宁的，我们不能眼看着她受煎熬而无动于衷，心再冷酷的人也会被她的喊天叫地感动的。如果我们不救她，就等于我们把她从山头上推下了悬崖峭壁，她的结束将是我们痛惜的开始，这种痛惜会流进我们的血液中，随着我们的心脏循环，一直到老到死。

大概连杨长厚和牛天星也没有想到田登科会这么善良这么勇敢，一路上，他全然不顾自己，他是个地地道道的好人。这个人世上还是好人多，如果没有好人来维持，天理将不会容忍人世间的。其实，我们每一个人都是大家的一只眼睛，一条手臂，一滴血液。我们不是单独的一个，我们生活在大家之中。

"要过桃花河了，我们放下担架歇一会儿。"杨长厚说。

我抬眼去看，桃花河蛮横地蹲在我们的旁边，河水急呼呼地向前奔突。桃花河上不见大桥，我以为还没有走到过桥的地方。

我说："长厚，你是不是没有睡灵醒，你看看，走到桥跟前没有？"

杨长厚说："我清醒得很。"

他干笑了一声，用手指了指翻滚着的河水说："你看，你向那边看。"

我顺着他手指的方向看去，原来，河水已漫过了水泥桥面，露在水外面的几个栏杆像朽木一般在河水的冲击下一会儿隐没了，一会儿又露出了水面，一会儿露出水面，一会儿又隐没了。桥就在那儿，没错。

"这桥咋过去呀?"我说。

12　杨长厚

我说："我先去试一试，看能不能过去?"

冉丽梅说："长厚哥，怕是不行的，水这么急，能过去?"

我说："不行也得过河，行也得过河。我去试试看再说吧。"

牛彩芹看了看我，她说："你去试试吧，不行咱再想办法，河一定要过。"

我挽起了裤子，下了水。

这座桥就像我的老朋友一样，每年，我都要从这座桥上经过好几次，它的脾气我是熟悉的。去年夏天，我就曾蹚着桥上的水过了河，不过，河水在桥上面浮得很浅，只淹了脚踝，而且也没有现在这么湍急。我走进水中，只向前走了几步，就听见桥在咯吱咯吱地响，河水在我的脚下使劲儿地涌，妄图将我撂翻在水中。我又向前走了几步，脚刚一抬，似乎是有人抓住我的脚踝向上提了一把，我险些跌倒。

"长厚哥，不行，你回来!"田登科朝我呐喊。

看来是很难过去的，我只好从原路退了回来。

"这可咋办呀?"牛彩芹看着滚滚的河水连声说，"这可咋办呀?"

牛天星愁容满面,虽然看不太清楚,可是,从他搓动的双手和不停挪动的脚步声中,我们能感觉得出,他比谁都焦急。

冉丽梅说:"我下去试试。"

"你不行,"田登科说,"我去试试。"

田登科拄着抬担架的木杠子上了桥,他像瞎子似的双手将木杠子撑向前边,试探着向前走,河水在他的大腿四周涌动着,他每走一步好像都要付出很大的力气。他小心翼翼地走了桥的大半,回过头来得意地呐喊:"我过去了,快过去了!"喊声刚落,在他毫无准备的情况下,一根从上游猛冲下来的木头在旋涡中一旋,蛇一般地仰起了头。"小心木头!"我还未喊出口,那根木头横着一扫,田登科被扫倒在桥上了,他被河水淹没了,手中的木杠子大概还紧抓着,木杠子的一头在水中上下蹿动着,我还能看清。牛彩芹和冉丽梅几乎是在同时呐喊:"田登科!"

田登科大概完了,我想。桥以外的水至少有三米多深,他不会水,不被淹死,也将被呛死。牛天星不顾一切地向桥上冲去,我抱住了他。当冉丽梅哭着再一次呐喊时,田登科从水中浮上来了,他一只手抱住了露在水外边的水泥栏杆,一只手挥动着木杠子。他的身体就像挂在树枝上的风筝,整个身体在桥外面的水中挣扎。水流湍急,他如何努力也上不了桥面。

我说:"我去帮帮他。"

牛天星说:"我去。"

我说:"你得是想被淹死?"

牛彩芹说:"叫你姑夫去。"

我上了桥,奋力向田登科跟前走。河水不时地推搡着我。我还没有走到田登科跟前,他终究挣扎着上了桥,正向我这边走

148

来了。

我们每个人都被田登科遇到的险情吓住了，他已经回到了我们身边，冉丽梅还在抽泣。

"你哭个屁，阎王爷又把我放回来了。"田登科抹了抹脸上的黄泥水，他说，"你们几个扶住我，我把南兰背过去。"

我说："不行，那太危险了，水卷走了我们不说，南兰也保不住了。"

牛天星说："总得想个办法呀，不能这样守在河边。"

我说："咱们绕着走吧，顺河畔的小路绕到山口去，山口的河床宽，水也不会太深的。"

冉丽梅说："杨大哥说得对，多绕几里路费时间，可没有危险，咱走快点就是了。"

看来，我们只好绕过去，除此以外，别无他法。我们抬起了南兰，加快了步子，几乎是一路小跑着，向山口走去。

天上没有一丝云彩，天空很快放晴了，天光越来越亮，黎明开始向人世间招手。走在担架旁边的牛天星不知是由于冷，还是由于太激动，他的牙齿在打战。他喊南兰的时候，舌头底下弹出来的声音变了调，南兰变成了"难难"。他说，难难，你坚持住，快过河了。

我说天星你不要激动，你激动什么，咱们谁也不赢谁，是闹着玩。

天星一输就激动，一激动就输，手底下很毛躁，双眼圆瞪着地上的小石子儿，好像要用眼睛将它们一个一个地吃掉。可见，他输不起，他只能赢。

在夏日的午后，天星没有睡觉，我们便坐在树荫下玩着"围老虎"。这是一个简单的游戏：找几个小石子儿或土疙瘩，用手指头在地上画一张图，双方便开始了交锋。这是有输也有赢的游戏，也就具有赌的意味了。

我说天星，你当"老虎"我当"猎人"，咱们换一个位置。天星手底下的"老虎"被我手下的几十个"猎人"赶上了山，团团围在了山中。他当"猎人"时总是输，他的"猎人"一个一个地被我的"老虎"吃掉了，他当"老虎"也是输。天星用手抹掉了地上的围猎图，懊恼地说，姑夫，我不玩了，我玩不过你，你是老赌徒。

我在牛天星身上看见了我自己。牛天星就是我，我就是牛天星。牛天星也是好赌的，他的赌法和我不一样，他一旦赌输了就走人，他可能觉得自己的资本太少，也可能很自卑，缺少一份赌徒应有的耐心。我越输越想赌，一直输得一塌糊涂还不心甘。

牛彩芹老是问牛天星进山干什么来了？老是问他犯了什么事？牛彩芹经常在我跟前炫耀她读的书不少，可见，她只是一条"书虫"，她缺少悟性。还用问吗？和牛天星玩过几次"围老虎"之后，我就觉得我的进山和他的进山有相同的意义，不同的目的。我是输得很惨很惨才进了山，他可能是输不起才进山的。每个人的人生都是赌场，只不过押在赌场上的赌注不一样罢了。尽管天星不承认他是一个赌徒，其实，从他踏上人生之路的第一天起，他就进了赌场。

我不知道天星在省城里是怎么生活的，我不想去问他。但我能从他身上品味到赌徒的品性：敢作敢为。他就敢将一个女孩儿领到山里来睡觉，敢将这个女孩儿的肚子搞大。他得之于勇气和胆量，也失之于勇气和胆量，每个赌徒大概都具有这样的真性情。他肯定是在省城里惹下了什么麻烦，可能是比较大的麻烦，因为他输不起，才想到一走而了事。他是在逃避，他能逃避掉吗？

我有一个比喻，如果说牛天星是"猎人"，南兰就是他手中操纵的"娃娃"，"猎人"面临的只是失败的危险，而"娃娃"时时刻刻有被"老虎"吃掉的危险。女人是救不了牛天星的，牛天星的失败和他对女人的肉体享乐是两回事。女人是很难走进男人的内心的，牛彩芹是这样，冉丽梅也是这样。尽管冉丽梅对干那事儿很卖力，尽管我们把气氛煽得火一样红，当我从冉丽梅的身上下来的那一刻，我只有一个愿望：让冉丽梅快滚，从我身边滚得远远的。牛彩芹大概以为我是五毒俱全的男人：既赌又嫖。她就不知道我心里是怎么想的。

牛彩芹总以为，她嫁给我是亏了她，难道我不亏？是谁亏了我？

在凤山县高中，谁不知道我是全校的学习尖子，对于读大学，我充满信心。在那场运动中，我们将年轻的激情全部投入了运动。我们感到欣慰的是，我们虽然没有赶上枪林弹雨，我们所投身的革命和枪林弹雨中的革命具有同等的意义。与人奋斗，其乐无穷。我们都想做一个没有在枪林弹雨中战斗的英雄，我们将喊口号贴标语上街游行斗争坏人视为英雄的行为，视为挽救国家挽救民族的伟大举动。我们谁也没有想到，这种革命的可怜和悲哀。就在那场"文化大革命"中，我没有最后一次考大学不说，几乎成了阶下囚：我将被打死了的老校长背到铁路上制造假象，幸亏我没有动手打人。当我的革命给我年轻的生命带来危机之后，我当时的境况和现在的牛天星差不多，不过，我并没有进桃花山，我选择了赌。赌是忘却的一种方式，是妄图挽救自己的最后手段。我当然不是为了输去赌的，我总想赢，越是想赢，越输得惨。

激情被抽干后，只剩下了肉体，既然只是肉体，在哪儿活着都是一样的，城市农村是一样的，山里山外是一样的。

牛天星大概出于写文章的需要，叫我给他谈谈我的过去。我就坦诚地从我的小时候说到了现在。我不知道，将来他在他的小说中会把我变成怎么样一个人。

牛彩芹急呼呼走进草房说，南兰快生了，要把南兰抬到县城医院去。牛彩芹是用商量和恳求的语气对我说的。她可能以为，这么大的雨，我会犹豫或推拒的。她就不知道，在我的心目中，牛天星的为难就是我的为难，风再大，雨再猛，我也要和他们一起把南兰抬到县医院里去的。她还以为，我是牛天星的姑夫才没有推拒她。伦理关系是人际关系中最具血缘性的，也是最靠不住的，人和人的关系只有在利益中才能维持长久。感情也是一种利益。

头顶的蓝天上点缀着几颗星星，它们在跌落前使劲儿地闪动着，一阵西北风吹过来，五个人仿佛都从睡梦地里醒过了神。

冉丽梅兴奋地喊道："出山了！"她给牛彩芹说，"你看，能看见县城外的那座水塔了，水塔上的电灯多亮呀！"

牛天星拉住南兰的手说："快到县城了，南兰，你怎么样？"

南兰说："还痛。"

身旁的河水发出了呢喃细语声，浑黄的水面上漂浮着树枝、柴草和木头。稠而厚的泡沫像肥皂水一样聚在一起慢慢地转动着，浮在水面上的杂物疲倦了似的移动得很缓慢，汹涌了一路的流水到这里才平静下来了。我看了看平稳的流水对田登科说："放下担架歇一会儿，从这里蹚过河去。"

我和田登科先试着在河里走了一趟。河床里布满了圆石头，光滑的石头一踩上去就妄图把你推倒。不过，水不太深，最深处只有很短的一段距离。我们确定了过河的地点，准备过河。

从河水中返回来，田登科坐在路旁，抱住了他的脚摇动着。冉丽梅走过去看了看田登科的脚，像吃了一口辣椒似的长吸了一口气，她说："你的脚烂成那样子，咋不吭声呢？"

田登科说："我不觉得痛，一点儿也不觉得。肉烂掉了，还会长出来的，你放心。"

我说："脚烂了，给你省了一双鞋，你说是不是？"

田登科笑了笑，他说："一过河，只剩下八里多路了，就是没有那只脚，也会到县城的。"

牛天星说："一路上多亏了田大哥。"

田登科说："我不想听好话，咱说好了的，你得给我买一双鞋。"

牛天星说："就一双鞋嘛，我不会赖你的。"

"有大家给你作证，天星一定会给你买鞋的。"我说，"快过河吧。"

我们抬着南兰过河。到了水深处，我们将担架举起来，用头顶着向前走。我们踩着河里的石头从浅水处走过去了。脚下的石头真滑、存心不良的石头一心要把我们放翻，我用了很大的劲儿，用脚紧抠着石头。我给田登科说，你的脚受了伤，一定要小心。话音刚落，田登科就扑倒在水中了，他跌得很重，大概是石头把他的脚割疼了。他的双手摆开了担架，担架的重量偏向了一侧，我也被他带倒了，河水太深，我呛了几口水。我赶紧爬起来一看，冉丽梅和彩芹也跌倒了，担架漂在了水上，牛天星急得大喊南兰。冉丽梅抢先一步，抓住了担架。幸亏，担架没有沉入水中。田登科被漂出了几丈远，他爬起来说他喝饱了。田登科干呕了几口。冉丽梅和牛天星抬着担架。冉丽梅破口大骂田登科是笨怂。田登科说他腿抽筋才跌倒了。彩芹说，不怪田登科，做人，他是好样的。我们重新抬起了担架。我们在流水中划开了一条可以走人的道路，我们吃力地行走在河水中。没有用多少时间，我们居然平平安安地过了河。

一到河岸上，冉丽梅冷得牙齿在打战，她说："快走吧，坐下来太冷了。"

牛天星给南兰说："南兰，你看，县城快到了，在那边，有灯的那边。"

南兰竟然坐起来了，她坐在担架上，朝县城方向看着看着，倒在了担架上。

牛天星孩子似的放声哭了。

"南兰！南兰！"牛天星连声呼喊着。

第四章　黎明和黎明以后

（1990 年 4 月 6 日黎明）

1　牛彩芹

天星坐在潮湿的沙滩地上还在淌眼抹泪，他的双肩一抖一抖的，鼻息的响动特别稠重。躺在担架上的南兰长长地呻唤了一声。黎明的亮光在河水里在田野上顽强地跳跃着。我的心里有说不出来的难受，大概我们每个人的心里都有点难受——说不清是悲还是喜。现在，谁也不吭声。

冉丽梅先开了口："牛天星，咱们应该高兴才是，哭什么鼻子？"

是呀，我们每一个人都应该高兴，这一路，我们多么不容易。四十多里山路，是我们用血和汗水一步一步地丈量过来的，稍微的松懈、延误、妥协和不坚定都会使南兰的生命受到威胁。我们总算走过来了。

我说："天星，咱出山了。"

你趁早把那个女孩儿送到山外去，你已经是三十七八岁的人了，怎么和一个女孩儿混到了一起？天星看了我一眼。

"今天是个好天气，天气也给咱帮忙。"我说。

你以为我是为了睡她？

天星说："姑姑，咱们歇一会儿再走。"

我说："天星，这儿离县城不远了。"活人的路对你来说还长着哩，你是有前途的。

天星说，我的前途就是回到省城里去，任人操纵，听人摆布，把自己的内心包藏起来，虚伪地做人？我不想那样做人，不想走那样的路。

"姑姑，路不远了。"

"不远了，不远了。"我长长地出了一口气。

天星说，姑姑，我从小就是一个很听话的孩子，你不是不知道。

知道，我咋能不知道。无论在什么样的环境中，他都力图展示自己的个性，他所处的那个环境就不允许他展示个性，因此，他从小就吃亏。你不回省城，你就在这里混吧，看你能混出个什么名堂来？结果竟然是这样的糟糕！你就不想一想，你要了南兰肚子里的孩子，以后该怎么办呢？

"咱赶路吧，"冉丽梅说，"越歇越没劲儿了。"

"我的牛大概把槽底都舔翻了。牛只吃了一槽干草。"田登科站起来将一块小石头扔进河水里，石头击打河水的响声很新鲜。他说："肚子饿了。"

冉丽梅说："你就知道你的牛，还操心什么？"

"咱是庄稼人，就该把牛放在心上。"田登科伸了个懒腰说，

"还操心……操心日你。"

"放你娘的臭狗屁，除了说肚子饿，就说那事？"冉丽梅笑了两声，"走，抬担架去。"

天星脱下了自己脚上的一只鞋，又要叫田登科穿。

田登科说："你们城里人真是太客气了，你以为我不想穿，我想穿得很，就是鞋太小，我穿不上。"

天星说："你趿靸上走，总比不穿鞋强。"

田登科说："我才不靸你的鞋，趿你一只旧鞋，我怕你进了县城赖掉我一双新鞋。"

天星说："进了城我就给你买鞋，42码的，我没有忘记。"

长厚说："你的脚烂得不像样子了，这八里多路，你能走下来？"

长厚将自己的一只鞋脱了下来，给了田登科。

田登科说："杨大哥的鞋我靸，我不怕他赖我的账。"

田登科的那条腿瘸得很厉害，可他的步子并不迟钝。我们抬着担架，朝县城方向走去。

"还远不远？"南兰用微弱而嘶哑的声音问。

"不远了，南兰。县城就在眼前头。"天星说。

我说："南兰，你还行吗？"

南兰说："还行。"

南兰简单的回答中浸满了情感。这个夜晚对她来说，可能要胜似她的18年。生下孩子以后，她肯定会有一个大的变化的。她是将命提在了手里，做了一次无比深刻的体验，在生生死死的巅峰上。受一次大难，对她来说，是有好处的。

无论怎么说，我是不能原谅天星的。尽管他是我的侄儿，尽管他说他很爱南兰，可他给南兰带来的痛苦和灾难永远也休想抹掉。他的自私显而易见，我原谅了天星就等于容忍了人的自私和自私结下的毒瘤。人要学会谴责自己，检讨自己。我就常常觉得，我落到这般地步，是老天爷对我的惩罚，我虽然没有作恶，也许是我的父辈或祖辈在人世间铸下了罪恶，由我来偿还。罪恶总是要付出代价的，因此，我总在默默地承受，心甘情愿地接受惩罚。等南兰生下孩子，等天星平静下来，我要坦白地和他说一说，我要让他明白，这个女孩儿的苦难是他一手酿成的，他应该责问自己的良心，接受惩罚才是。如果对灾难，对施加于人的痛苦迟迟不觉悟或者麻木不仁，惩罚是迟早的事情。

2　牛天星

我撩起蒙在南兰脸庞上的被子看了看，她的脸色发黄，眼睫毛上挑着几颗疲惫的泪水。我将被子向她的脖颈下拉了拉，她睁开了眼睛，向我点了点头，眼睛又扑闪了几下，泪水涌出来了。

我说："南兰，你哭什么？快到县城了。"你不要哭，兰。

我说："还那么痛吗？"

南兰说："我不知道，我浑身是木的，我不知道是哪儿痛。"

我说："你再坚持一会儿，你睁开眼睛看看，我在你跟前。"我不是回来了吗？你还哭什么？

她抹了一把眼泪，哧地笑了，谁哭来？我就没有哭。

她来信说，一定要我回来一趟，有非常紧要的事情，非见面不可。她说，她星期天在凤山县周原博物馆门前的那棵古槐下等我。她说，假如我不回来，她就坐在那儿不走。

我经过再三考虑，还是踏上了回故乡的火车。

赶到周原博物馆门前已是中午11点多了。我老远看见她坐在树荫下读书，屁股下垫一张粉红色的塑料布，神情十分专注。我绕到了她的身后去，她竟然没有发觉是我。

我轻轻地叫了一声：南兰。

我说："南兰，你放松一点，到了县医院就什么事也没有了。"

南兰说："你们把我抬回家吧，我想回家。"

她回过头来一看是我，站起来了，她只是站在原地看着我，动也没有动。南兰的睫毛扑闪了几下子，眼睛里又涌出了泪水。

"我想回家。"

我说："你害怕吗？"

她好像在抽泣，没有回答我。

我说："不用害怕，南兰，快到医院了，还害怕什么？"

南兰睁开了噙满泪水的双眼，她娇嗔地瞪了我一眼，然后，垂下了眼睑，她说，你咋回来得这么晚？

我说，车晚点了。

她说，咱们到博物馆里去走一走。

我们进了周原博物馆，走进了小河东边的小树林，她将粉红色的塑料布在草地上铺开，自己先坐了上去。

我说，南兰，你叫我回来，有什么要紧事呀？

她说，你说呢？

我说，你不是说有紧要事给我说吗？

她说，你是不是等我一说毕，就想走？你先坐下再说。

我只好顺从地坐在了她的身旁。突然，她尖叫一声，叫声细而急。她用手捂住了裸露的肩头。

我们几个都被南兰的叫声吓住了，急忙放下了担架。

"你咋啦？南兰。"

"肚子痛。"她说。痛得很，你看一看，什么东西咬了我一口。是不是虫子？

她搭在肩头的手没有松动，整个身子靠在了我的身上。我扳开了她的手看了看，她那光滑圆润的肩头汗渍渍的，没有虫子咬过的痕迹。我说，好好儿的，什么也没有。

她说，你真笨。

她仰起了头，撅着嘴唇，等待着我吻她。我看着她，从她那真诚而清澈的大眼睛里看见了自己的丑陋，我不敢吻她。她失望地低下头。

我说，你叫我回来，究竟有什么要紧事？

她说，约你到这儿来，不就是事吗？

我一听，站起来就要走。她一把抱住我，紧紧地搂住了我的腰，她仰起头看着我，她那微笑似的双眼中充满了企盼、渴望和露水般的纯情，她用眼神传递的没有丝毫邪恶之意的感情使我觉得害怕。她喃喃地说，我想见一见你，只想见一见你。

她的一双手伸进我的上衣，顺着腰际向上抚摸。

她说，抱一抱我，就像抱你的孩子那样抱一抱我。

她潸然泪下了。

我伸手从她的腋窝下伸过去。她的肉体简直是一盆炭火。

我说："她的身上烫得很！"

"你惊慌啥？"姑姑说，"咱快走，一会儿就到县城了。"

我的手顺着她身体上的曲线游走，她脊背上的每一寸肉体都极具情感，肌肉紧绷绷的，富有弹性。我的手过之处留下的感觉

160

就像刚刚触摸了挂在枝头上即将成熟的苹果。我们相互紧紧地抱着对方。她的胳膊一用劲，我们彼此倒在了塑料布上。她的手向下抹动着内裤。就在那一瞬间，我的心在剧烈地跳动着，我的意识仿佛穿过了漫长的时间。战胜我的肉体的并不是道德的力量而是我的恐惧和懦弱。我给她拉上了内裤。兰，你还小，不行。我几乎是喘着气说。她说，我知道你在城里有一大堆情人，不想要我。我说，不是那样的，我说出了我的内心话：等以后吧。她一把推开了我，整理好裙子，坐在了塑料布上。几只鸟雀在树枝间跳跃着，啾啾着。她确实还是一个孩子。

想想孩子吧，想想她肚子里的那个孩子。就在今天黎明，孩子一落地，一个不能逃避的父亲就要站在眼前了。而她即使是个孩子，也要做孩子的母亲了。

南兰断断续续地说："我……我……不……要……"

我说："南兰，你不要什么？"

南兰说："不要……不要……不要……"

我说："南兰，不要什么，你说清楚。"

姑姑说："你不要问她了，她在说胡话。"

我说："南兰，忍着点，马上就到县城了。"

南兰说："我不要……不，不去县城，我要……要回家。"

姑姑说："南兰，你不要说话了，省点力气。等你病好了，叫天星送你回家去。你要听话。"

南兰从被子里伸出了手，她抓住了我的衣角。她说："你送我……送我回家？"

我说："我送你回家。"

我将她的手放进了被子里。

她说，孩子呢？

我说，你说把孩子咋办？

她说，孩子是我们的，我要叫她长大了学画画儿，当一名画家。

南兰又哭了，她的哭声十分微弱，只能感觉到，她的身体在抽动。

我说："南兰，县城到了。我已经能够看见县城里的太平塔了。"

我叫了一声南兰，她不再吭声了。她好像睡着了。

姑姑说："你不要叫她了，她在发高烧，迷迷昏昏的。"

在黎明，我们五个人的脚步声分外响亮。我们抬着担架进了县城西关。黎明的安稳、静寂和我们的急迫、紧张很不合拍，担架咯吱咯吱的响声似乎和沉睡了一个夜晚的县城毫无关系。

3　杨长厚

我们来到县医院里的时候，天已经亮透了。高不可攀的天空仿佛落在我们的衣服上，落在我们的周围，给我们心里也透进去了一束亮光。我们将担架放在了院子里，心上的重负也随之卸下了。

天星说："姑夫，咱俩去看看，急诊科在哪里？"

我说："大概在前院，我去看看。"

天星说："咱俩一块儿去。"他急不可耐。

县医院深深地陷在清晨的雾岚之中。我抬眼看了看住院部五层楼房顶上竖立的"十"字标志，目光里揉进去了一片空洞虚无的幻境，我凝视了好一会儿才看清了那血红血红的色泽。

门诊部还没有上班。

我和天星刚拐过一个长方形花坛，迎面来了几个人，他们穿一身白大褂，面部全让口罩占据了，只露着一双双看似一模一样的眼睛。因此，看不出他们是护士还是医生，也看不出他们是男人还是女人。天星很有礼貌地问道："大夫，急诊科在哪儿？"他们面面相觑，只是摇头，就是不吭声。我说："急诊科在几楼？"我看见一个人的口罩动了动，他大概笑了一声。我们一眨眼，那几个人突然不见了，就像太阳地里的薄霜，一见阳光就消逝了。我和天星继续向前走，走了几步，听见身后有脚步声，我们回头去看，从我们身后来了几个穿白大褂戴口罩的人，我们不敢确定这几个人就是刚才我们问话的那几个人，只是觉得有点像。天星拦住一个人问道："大夫，急诊科在哪儿？"那几个人不理我们，他们擦过我们身边，扬长而去，而且，越走越快，唯恐躲避不及似的。

天星说："姑夫，这里的人怎么都这么怪？"

我说："他们大概觉得咱俩有点怪。"

我们正在踌躇之际，一个交通警察模样的人朝我们走过来了。他戴着大檐帽子，没有睡醒的样子，一双腿尤其生硬。我叫了他一声同志，问那同志，你知道急诊科在哪儿？同志手臂伸直朝我们的左边一指，一句话也没说。

我和天星顺着同志指给的方向去寻找。在两幢楼之间的拐弯处，我们看见了"急诊科"的牌子。我们返回来，赶紧将南兰往急诊科抬。冉丽梅抱怨我们找的时间太长，我说："这里是县医院，不是桃花山。"天星一边走一边说："怪，这个医院的人就是怪。"

急诊科在那两幢楼房的东边，连续拐两个硬弯，才能走进通向急诊科的那道小门。门板做的担架有点宽，在拐弯处，我们费了不少劲儿，才进了门。

急诊科有两个医生四个护士，他们站在远处凝视着我们。我抬头看看牛天星，看看田登科，看看牛彩芹和冉丽梅，我的样子大概和他们是一样的。他们的头发蓬乱，脸上沾着污脏的泥巴，下半截身子湿漉漉的；他们的面部粗糙、憔悴，已很难映现他们的表情了，就是看人的目光也是恍惚不安，凝聚着一时难以说清的感情。尤其是田登科，他比叫花子更脏，更可怜，更怕人。那几个医生和护士用惊讶的目光审视着我们，不时地交头接耳，互送眼神。

冉丽梅说："大夫，你们快看看病人，我们有啥看头？我们都是人！"

一个慈眉善目的老医生走近了担架，他不紧不慢地将听诊器伸进了南兰的胸腹，不紧不慢地听了听，问道："她怎么了？"

牛彩芹说："快生孩子了，肚子痛，发烧。"

老医生不紧不慢地站起来，不紧不慢地走向了办公桌，不紧不慢地开了一张条子。

他说："去办住院手续。"

我一看老医生那模样，就知道他是将许多条命在手中不紧不慢地处理掉的人。

牛天星说："大夫，能不能给她先用药？"

老医生摆了摆手，说道："去吧，去吧，这是制度。"他闭上了嘴，用端坐如初的姿势表明没有通融的余地。

我说："天星，你快去办手续，医院就是这规定，先交钱后

164

看病。"

牛天星去了老大一会儿不见回来。

南兰长长地叫了一声，叫声凄楚而伤感，直钻人的心肺。

牛彩芹蹲在担架跟前，拉住了南兰的一只手问她怎么样，南兰哼哼了两声，没说话。冉丽梅弯下腰问南兰："喝水不喝水？"南兰小声回答："不喝。"牛彩芹说："等一会儿就给你用药。"她用被子护住了南兰的头和手。

四月的黎明清澈而冰凉。冉丽梅和牛彩芹冷得两腿直打哆嗦。

冉丽梅看了几眼田登科："你看你，那只脚还不如牛蹄子。"她说："我们几个得是人鬼不像了？"

我说："谁还管得了这些？"

"天星咋还不来呢？"田登科说，"杨大哥，咱俩去看看，是咋回事？"

冉丽梅说："我也去，万一天星和人家打起来了，我也能抵几个人。"

我们到交费处一看，牛天星和收款的一个中年女人吵得一塌糊涂。田登科问牛天星是咋回事？牛天星只是说，钱不够，不让住院。

冉丽梅说："还差多少？我这里有。"

冉丽梅解开了褂子的纽扣，从贴身的衣服口袋里掏出来一把钞票，那些揉皱了的钞票大都是些角币，她整理了好一会儿，说："总共是81块3角3分。"

牛天星说："不够，还差100块。"

冉丽梅对收款的中年女人说："你怕什么？我用家里的五头牛抵上还不行吗？"

中年女人抬起头瞅了冉丽梅一眼，她说："我们这里不是寄卖所。"

冉丽梅说："你咋能这样说话？人命值钱，还是你那100块钱值钱？眼看着娃在担架上受罪，你的心肠咋这么硬？"

中年女人说："这是制度。"

"制度？制度？这是什么制度？"牛天星跺着脚，扭头走了。

我仔细看了看中年女人那张太监似的脸，即刻认出了她是我初中时的一个同学，我叫了一声她的名字，她也大概认出来我就是杨长厚。

她问我："牛天星是你什么人？"

我说："是侄儿。"

她叫我在收据上签了名，办了住院手续。这个多年不见的老同学还是有人情味的。

办完各种手续，已到了农村人吃早饭的时候了。南兰被推进了手术室。她的神志尚清醒。她从护士推着的小车上回过头来向牛天星招手，牛天星不知是由于太担心，还是由于太激动，把头扭过去了。他没有理南兰。

4　南兰

在我向他招手的时候，他怎么能不理我呢？

他好像故意将脸迈过去，装作没有看见我的样子。我是想把他叫到跟前来，给他说清楚，那件事必须说清楚，我不能老将他

166

蒙在鼓里，我不忍心欺骗下去。我要告诉他，在和他睡觉之前，那个饭庄经理已经睡了我。第一次和天星睡觉的那天晚上，天星很激动，他可能以为他睡了一个混沌未开的处女。对此，他是很看重的。他渴望得到一个纯情的女孩儿，又觉得女孩儿会给他带来深重的罪恶感。

在黑暗中，我看不见他面部的表情。他小心翼翼地用双臂搂抱着我，他吻我时，嘴唇不住地颤抖，连嘴里哈出来的气息也是颤悠悠的。他对我无能为力，他的肉体大概躲在精神后面不敢抬头了。我急得想哭，拿牙咬住了他的胳膊，他不哼一声。

事毕以后，他趴在我的身上哭了。他的嘴唇半张着，不住地抽泣，泪水濡湿了我的胸脯。我真不明白，他为什么在这种时刻会泪水涟涟，痛哭不止？

几天以后，他对我说，兰，我得到了一个真正的女孩儿。

果然，他很看重女孩儿。我是他心目中真正的女孩儿？还是他在逼问我，那个第一次和我睡觉的男人是谁？我一直瞒着他。现在，到我说出来的时候了。

我说，你们不要捆绑我的脚和手，我害怕。

你不要动。一个男医生说。

医生的面部只有一双眼睛。他对我的态度全部涌进了眼睛，他的眼神生硬、冷漠、毫不留情。

你才 18 岁？一个女医生故作惊讶地说。

从她裸露在面部的一双眼睛上很难判断她的年龄，她的年龄标示在说话的音调上：尖刻、短促、浑浊，不太活泼，她很可能是一个中年女人。

她说，才 18 岁就这样不规矩？

规矩？规矩还不是你们这些大人给我们这些女孩儿规定的？

你们当中的哪一个守规矩？谁把规矩当一回事？你们只不过比十八九岁的女孩儿老道一些虚伪一些世故一些。

我觉得，我的血在汩汩流淌。我的血染红了我的身体，染红了我的18岁。

给氧。我听见了遥远的声音。

血压没有了。血压没有了。血压没有了。血压没有了。

他们故意用钝刀子割我，一刀一刀，割得很随意。我的血从刀子底下流出来，流在了手术床上，滴在了地板上，他们踩着我的血来回地走动着，我能看见带血的脚印。

我要回去，我说，放我回家。

我想爬起来，我一定要挣断捆住我的绳索。

我要回去，回家去。

啊——啊——啊——

我一点儿喊不出声来。我想说话，说不出口，我的声音被什么东西挡回去了。我的血液不再喧哗，不再流动。

有人在叹息：她才18岁。

手术室里沉寂如死水。

他们大概在清理、打扫我的血迹。

是谁在哭？是天星？是他们几个？哭声太嫩弱了，不是大人们应有的哭声。是她？婴儿？是我的孩子？天星，我们有孩子了，她会把咱俩连接在一起的。孩子，你放声哭，让人们都知道，你是我和天星的孩子，是孩子的孩子，是不规矩的结果。

孩子的哭声离我多么远啊！

我简直受不了这骤然而来的寂静。

5　冉丽梅

手术室外面的过道上很寂静。

我恍然听见南兰在手术室叫我，叫我冉丽梅，叫我冉大嫂。我屏住气听了听，什么也没有听到。

几个人如同砍倒在山坡上的几根木头，摆着不同姿势。登科蹲在楼梯口那边，脑袋耷拉着，蔫头蔫脑的，像挨了霜冻的庄稼。杨长厚坐在登科旁边的楼梯台阶上，眼睛不时地看看手术室紧闭的门，他全神贯注的神色中透着不慌不忙。从垂吊的两条手臂上看，他已是疲惫不堪了。牛彩芹站在手术室的门口，她侧着脸，不眨眼地看着那一扇冰冷的铁门，眼光似乎要从没有任何希望的门缝里伸进去。她的目光扫过来的时候，我从她的目光里看到了可怜、焦灼、怜悯、恐惧和难以安宁。牛天星低下头来回地走动，走过来又走过去；楼道里已被他丈量了好多遍，他的脚步时而粗重，时而急短，脚板踩在楼道上发出的响声空洞、清晰、沉闷。

登科坐在了地板上，他的一只手抠着沾在脚上的泥巴。他将杨长厚的那一只鞋还给了杨长厚，他那只受伤的脚肿得又肥又厚。我推搡了他几下，叫他不要在脚上乱抠。他说："我要去买一双鞋，42码的解放胶鞋。"我说："你去买呀，现在就去。"他说："牛天星没有给钱呀。"他的话使我哭笑不得，我说："你真是个没出息。"他看我沉下脸，就不再吭声了。

"冉丽梅！"他又叫我。

"是不是又想鞋了？"

"我不是那意思。我问你，肚子饿不饿？"

"不饿。"

"我是说，咱的牛只吃了一槽草，它们饿极了就会从槽上翻过去的。"

我说："你能不能想点别的事情，没有啥可想的，还不如把你的臭嘴闭上！"

过道里又恢复了难堪的寂静，牛天星的脚步声拖得很远很远，似乎已穿过了过道的顶端，散失在院子里去了。

手术室的惨叫声就是在这个时候穿过铁门钻出来了。几声喊叫把我的心揪紧了，凄厉而绝望的喊声使人受不了，我觉得，像跌入冰窖里一般，浑身发冷。牛彩芹不顾一切地用双手在铁门上捶打，她失声喊叫："南兰！南兰！"杨长厚和田登科也扑过来用身体紧拥住了铁门，想把铁门拥开。牛彩芹的脸上紧张不安，痉挛似的拿手在铁门上抠。冰冷冷的铁门生硬而光滑，根本没有她下手的地方。登科说道："娃能受得了吗？"牛天星从过道那头跑过来了，他没有到铁门跟前来，只是站在远处木然地看着，似乎那道铁门就是危险的信号，他走得越近，危险就离他越近。他可能比谁都害怕。我们被隔绝在一个未曾目睹的场面之外，南兰和她孕育了十个月的小生命似乎离我们很远，很远，我们触手可及的只有紧张、不安和焦灼，这是我们自己给自己内心注入的担忧，我们被各自的担忧挤压着，谁也不会安宁的。

杨长厚拉住牛彩芹的衣襟说："你安定一会儿行不行？不就是生个孩子嘛。"

他说得似乎很轻松。他的话连自己也无法宽慰，怎么能够宽慰牛彩芹呢?

牛彩芹说:"冉丽梅,你来摸一摸,我的心跳得很厉害:我的心从来没有这么跳过。"

我走过去一摸,她的心果然跳得很厉害,她的心好像从胸腔里跃出来,跌在了我的手心里。

我说:"不要紧,咱都放下心,县医院的医生不是白吃干饭的。"

当楼道中沉寂以后,空气变得很凝重了,每个人从肺腑中呼出来的紧张和急迫都聚在一块儿,拢成了庞大的、悲哀的情调。登科似乎是为了打破这情调才说话的,他说:"今年雨水来得早,也暖和得早,咱们回去后就种玉米吧。"

他这话是对我说的。

我说:"你心里还惦念着啥?"

他嘿嘿一笑,笑得很天真很粗鄙,似乎有什么话在他的笑后面蹲着,一伸腰就出来了。

他说:"你向我跟前靠一靠,我给你说。"

我知道他要说什么,就将头迈向了一边,他的嘴巴撵过来,捂在了我的耳门上说:"我还惦念着你。"

他想用粗野的话打破沉寂,使每个人的紧张都得到一点松弛。结果,适得其反,杨长厚脸上的表情比刚才更冷峻了。

杨长厚骂道:"这些驴日的医生,不知咋弄着,一个手术做这么长时间!"他站起来,到过道上走动,我扭头一看,不见了天星。

"天星呢?"

"上楼去了。"登科说。

"我去看看他。"

我上了四楼,在四楼没找见牛天星,我又上了五楼,五楼还是没有。我撺到楼房顶上，牛天星木呆呆地站在楼顶。他的身后是高大的"十"字。太阳斜照过来，老远看，他好像把那个"十"字背在脊背上。那个"十"字殷红殷红的，血一般的颜色。

"天星，"我叫了一声。我说，"你不要害怕，女人生孩子就得受苦，女人的耐力是很大的，你不是女人，没有这个体会。"

"我有感觉，"牛天星说，"预感不好。"

"不会出啥事的，"我安慰他，"下去吧，这么长时间了，手术大概快做完了。"

我抬眼看了看，天晴得很好：太阳清澈、纯净、很有生机。

牛天星跟我一同下了楼梯。

我们刚走到三楼，手术室的门打开了。血腥味儿、酒精味儿、来苏味儿混合着各种气味冲出来，冲散了我们悬着的紧张和不安。几声婴儿的哭叫使我们又惊又喜。随之，我们真相大白了。

6　田登科

这份煎熬真不好受，比抬着南兰过桃花河更难耐。我也知道这是两条人命的事，不然，我把几头牛撂在家里自己受这份罪何苦呢？人的一生变化就这么快，比闪电还快。前半夜，我还和冉丽梅在炕上快活地打滚；后半夜，在风风雨雨中奔走了一趟。天刚亮，心又不安了。说不定，还有什么事情要发生。人的一生真是捉摸不透，但对我们庄稼人来说，总有一个定势：那就是受苦，不受苦还有什么活头？苦迟早要受的，前半夜不受，后半夜就得受，苦给你留着，你想躲也躲不掉的。牛天星和南兰的受苦完全是自作自受。女人嘛，女人天生就是男人骑的，男人不必把女人看得那么要紧，更没有必要去宠惯她们。牛天星恨不能把那女孩儿端在手里含在嘴里，这会儿，他就得受罪了。现在的女孩儿把睡男人看得很轻淡，作为一个男人，牛天星轻淡不起来。城里的男人大概都有这毛病，这就叫自作自受。

我们那儿的老一辈人都这么说，受苦的人有两个门是不能进的，一个是医院里的门，一个是法院里的门，那是把钱当做粪土把人当做木头的地方。即使南兰是一根木头，这么长时间了，他们也该把她刨制平整了吧。我们只听见她惊叫了几声，以后就无声无息了。我们只能这么苦等。过道里偶尔走过两个医生，你连问几声，他们的嘴皮抬也不抬，只用挺厉害的眼睛瞪了你一下，你就无话可说了。我不上医院，我这只脚烂掉了也不上医院，那不是受苦人来的地方。

手术室的门开启时连一点响动也没有。

门一打开，彩芹嫂反而退到后面去了。

我和杨长厚想向手术室里挤，从里面走出来了两个女医生拦住了我们。她们还没有摘掉口罩，白大褂上溅着不少血迹，我第一次看见，血溅在白衣服上是那么鲜亮。雪白的白大褂把人血衬托得像春天的太阳一样。

她们的眼睛看着前方，根本不准备搭理我们。

"南兰呢?"彩芹嫂更加惶恐不安。

两个医生目不斜视，径直朝前走。紧随着医生出来的是一辆四轮车。彩芹嫂和冉丽梅扑上来。

撩开了南兰身上的白布看了看，彩芹嫂愣住了，她半张着嘴，想喊叫，没有喊出声来。喊出来的是牛天星："南兰——，南兰——"他扑在车子上，失声痛哭。

冉丽梅不顾一切地扑上前去。她拦住了两个女医生的去路，一只手抓住了那个又高又胖的女医生的领口拼命地撕扯着。

"你们害了她，是你们害了她！"冉丽梅大哭大叫，"你们是牲口！连牲口也不如！"

两个女医生惊慌失措，躲避不及冉丽梅突如其来的袭击。

"还我们南兰！还我们南兰！"冉丽梅狂呼乱叫。那个女医生的脸上被她抓破了。

我去阻拦冉丽梅，她抽出手打了我两个耳光。随之，又扑向那两个女医生，一只手抓着一个。她的眼睛里布满了血丝。她的手臂使劲摇晃着，好像要把两个医生撕碎似的。

谁也不搭理婴儿尖厉的啼哭声。

我回头去看，长厚哥抱着婴儿蹲在手术室的门口。他也流泪了，眼泪刷刷地向下流。

牛彩芹问女医生："为什么会是这样？"

一个女医生嗫嚅道："女孩儿流血太多了，血库里没有……"女医生不敢再说了。

"啊？"牛彩芹抓住了一个女医生的衣袖，摇晃了几下，顺着女医生的身体溜下去，倒在了地上。

7　南兰

天星坐在一张小木凳上。他离我很近，我能嗅见他的气息，闻见他的气味，甚至看得清他张开的每一个毛孔。他的眼睛里盛满了伤痛、悔恨和无可奈何，他拉下了盖住我面孔的白布单，我真担心，我的模样会将他吓住。他的身子扑在床跟前，伸出一只微微颤抖的手臂，他似乎想在我的脸庞上抚摸又没有抚摸，他慢悠悠地收回去了手臂，将一双胳膊支在床上，身子佝偻得更低了。

"南兰！"他叫了一声，泪如雨下。

他只是说南兰南兰南兰南兰南兰。

我说："天星，我回到家了。"

他的鼻子翕动了一下，两条眉毛紧拧在一起。

我说："我回到了家，回到了爹和妈跟前。"

天星说："南兰，我好糊涂。我总以为只要从城里出来，就可以安安静静地干自己想干的事情。我万万没有想到，会弄出这样的结果来。是我害了你……"

"这不能怪你，也不怪我，你说是不是？天星。"

"你还是个女孩儿呀，就是你宽恕了我，我自己也不能宽恕自己。"

不，我不是个女孩儿，我现在告诉他，也不晚。

"天星，我不是……"

"你是，是一个纯情的女孩儿。"

"不是。"

天星伸出手捂住我的嘴巴，他不叫我说话。

天星说："我知道，全都知道。"

我说："我欺骗了你。"

天星说："你不要那么说，是大家欺骗我们，我们也欺骗大家，事情本来就是这样的。"

我说:"我在饭庄打工的时候就失去了贞洁。"

"贞洁?"天星冷笑一声,"你和这个人世上的好多人相比是最贞洁的,现在,好多人把贞洁出卖了,还讲什么贞洁?"

"既然是这样,你必须答应我一件事。"

"什么事我都能答应的。"

"把孩子养大,让她长大了做画家。"

"我……"

"你不答应?"

"我答应你。"

他扑倒在我的身体上恸哭不止:一个男人撕心裂肺地大哭,任凭泪水在脸庞上漫流。他一面哭,一面用双手抓自己的头发。他哭干了眼泪、哭哑了嗓子,唯有身体在抽动。他抱紧我,摇晃着我,嘶哑着嗓音:"南兰南兰南兰……"

这里真安静。安静的地方就不是人的居住之处,难怪,医院里把这地方叫太平间。

8 牛彩芹

我进去的时候,天星正扑在南兰的身上哭泣。我只是站在离他不远的地方看着他,我不想劝慰他,话语在这个时候是最苍白无力的,再好的言语也无法排解他的悲痛。我看不清他面部的表情,我只能看见他的肩胛在抽动,他好像极力用双肩用身体去制止从喉咙里发出来的声音又止不住,因此,哭出来的声音只是干嚎，缺少力气的干嚎。

他叫喊着南兰。

"南兰，是我。你能看见吗?"他说。

他抱住南兰。南兰在他的摇晃中动弹，不是南兰的身体在动，而是整个床，整个房间在动。这个房间真冷，有一股冷气直向人的骨头里渗。两个小窗户开得很高，房间里透不进来一丝光，整个房间里荡漾着冷飕飕的气息。

天星将头埋在南兰身上的白布单中，他的身体变成了一张弓，出气声布满了整个房间。他抬起头静静地看着南兰的脸，我从天星的肩膀上边看过去：南兰的脸平板、漠然。死亡之气从紧闭的眼睛里透出来在整个面部逸散。天星悲伤的眼睛正对准着那一缕死亡之气，他大概想用目光中流溢出的强烈感情来融化那死亡之气，这样，他只能消耗自己。多情对于一个男人来说，实在不是一件好事，特别是在这种时候。

"天星，"我叫了他几声，"天星。"

"姑姑，"他头也没回，"姑姑，你去吧，叫我一个人再陪陪她。"

我说："你姑夫和冉丽梅把棺材挑选好了，你去看看，他们在棺材铺等着你。"

他回过头来看着我，他的脸色发黄，眼圈乌青，一夜之间苍老了许多。

"不，先不要急着把棺材拉到这里来。"

"到了盛殓的时候就该盛殓，让她躺在冷床上，谁看了谁寒心。"

"我陪陪她，叫我再陪陪她。"

长厚和冉丽梅来了。

"登科呢?"天星说,"登科哪儿去了?"

"他进山去了。"冉丽梅说,"他操心着那几头牛。"

天星说:"给他买解放鞋没有?"

"买了。"冉丽梅说,"我问他,是谁给的钱,他说是你给的。"

"丽梅,"我说,"我和长厚去给南兰的爸和妈说,你领着天星去看棺材。"

冉丽梅说:"天星,你去看看吧。"

天星说:"我不去。"

"你得是守在太平间不再出去了?"冉丽梅说,"你这人怪不怪?人死了,能叫她活过来?谁不难受?再难受也得忍,活人就是忍受。什么事也担当不起来,那不行。男子汉,要拿得起,放得下。"

我说:"在这个时候,你尤其要听人的劝话,我们和你是一样的伤心。"

冉丽梅说:"不要再和他说了,没人拿主意,我拿主意,叫他们把棺材抬来,先盛殓再说,不能把娃停在冷板上。"

冉丽梅走了。

我说:"天星,那是命,你认命吧,不要自己作践自己。"杨长厚一句话也没说,他拉了拉我的衣襟,我们走出了太平间。

9　南兰

他们都走了。这里只有天星和我。房间里岑寂无声。他好像要用眼睛把我描绘下来，用眼睛把我吞咽下去，永远地记住我。我的样子肯定是丑陋不堪，我不想让他记住一个毫无生机的我。我闭上眼睛的原因是推拒他，不接受他。

"南兰，"他说，"你能听见我给你说的话吗？"

我没有作任何表示。我只能这样像木头似的躺着。

"南兰，你能饶恕我吗？"天星说，"我原以为我和你找到了一个适合于咱俩的好环境，可我们走到哪儿都是一样的，省城里和桃花山没有多少区别。

既然你走了，我就得和你在一起。"

"不，你又错了。"我说，"天星，你的日子还长着呢，好好地做人，好好地做文章。"

天星说："我看不见你，我什么也看不见了。"

天星在他的眼睛上不停地揉着揉着。

我说："我能看见你，你的眼睛好端端的。"

天星说："我眼前头乌黑乌黑的，是一块黑布，什么也看不见。"

天星在我身上胡乱摸了摸，他站起来，像盲人似的，把手臂伸向前头，试探着向前走。

天星用双手在他的眼窝上乱捶，他的拳头来得很勤，拳头打在眼窝上发出的声响很大。我能看见，他的眼睛在流血。他嗷嗷直叫："南兰！你在哪儿？你说话呀！"

我想张口说话，说不出来。只有眼睁睁地看着他折磨自己。

房间里是漆黑一团，冷冰冰的。没有生机的气息盘踞在角角落落。我仿佛听见，天星眼睛里流出来的血吧嗒吧嗒落在地上，发出了脆弱的声响。

天星摸索着墙壁走出去了。他走上了住院部那座五层楼房的楼顶。

10　冉丽梅

棺材拉进了县医院的大门。对于县医院来说，这大概是司空见惯的事情，谁也没有留意我们，好像我们拉的不是棺材而是须臾离不开的空气。只有棺材底部和架子车摩擦时发出的微小的声响伴随着我和拉架子车的两个师傅。"你看，楼房顶上好像有一个人。"一个师傅说话的声音有点紧张。

我抬眼去看，楼房顶上果然有一个人，他像小孩子做游戏似的摸索着向前走。那个大红的"十"字仿佛就戴在他的胸膛上，"十"字将他的身体切成了几块，他的头颅从"十"字留下的空白中亮出来了。是牛天星！他摸索着，试图从十字中间钻过去。他要干什么？我的心头一阵紧缩，丢下拉架子车的两个师傅向楼房跟前猛追。我不错眼地看着楼房顶上的牛天星，我看见他双手抓住了"十"字。一双脚似乎已经悬了空。我高声叫道："牛天星！"

与此同时，我看见他的身后有一个长发飘逸的女人，我心中有点释然：那女人是来搭救他的？我只能这样盼望。

我一睁眼恍然看见，他的双手松开了那"十"字。他的身体向下飘落而去，像树叶似的摇摇摆摆的。潮湿的空气在我耳边鸣响。春风在我耳边鸣响。他四周的空气大概想把他夹住，因此，他跌得并不快。我似乎听见他叫了一声："冉丽梅。"不，他没有叫我，他在叫南兰。他身旁的那个姑娘呢？她不是上去救他的？她能眼睁睁地看着他从五层楼上跳下去？果然，那个姑娘拦腰抱住了他。牛天星得救了。

"冉丽梅，你发什么愣？"我一看，天星站在我跟前，他的一只手扶在棺材上，向前推动。

我摇了摇头，想把刚才出现的那一幕摇得无影无踪。我低下头，只顾向前走，不敢看牛天星一眼。

11　田登科

这趟山路，我走过好多遍了，从来没有像今天这样走得吃力。也怪那只该死的脚，不停歇地走，倒还感觉不到疼痛，一旦歇下来，好像谁拿刀在脚上砍。不要紧，回去打一盆清水洗一洗，在坡里采一些"马皮炮"（一种能止血止痛的草药），用布条子一裹就什么事也没有了。天生是个农民，你就不能那么娇贵。我已看得很清楚，善有善报，只是人一厢情愿的想头；善不会有善报的。这世事，好人是越来越没有活头了，好人总盼有个好结果，盼到头，是一场空。病害不起，医院住不起。咳，这娃，年轻轻的就把命丢了，莫说是天星悲伤，就是铁石心肠的人一看娃那样子也会流下眼泪的。我就不信，从肚子里取一个娃娃，能把人给弄死了？这理能和医院辩吗？对于老百姓来说，他们永远有理。他们有权，有了权就有了理。血库里怎么没有血呢？这不是理。医院怎么向天星交代？天星大概都没那气力了，他已被折磨得够苦了。我看天星未必能和医院把这个理辩清。医生是个良心活儿，良心黑了，啥坏事都会干的。

一走上平岭，就能看见崖畔上绿油油的桃树林了。一场清明雨，桃花山像水洗了一遍，坡里的草一夜之间好像长了几寸，也长肥了许多；树叶上、石头上、山路上，到处被雨水冲刷得干干净净的。假若天星和南兰还在桃花山，他们不知会为这么好的天气高兴成什么样子。每逢雨后天晴，他们就在坡地里到处走动，好像这山里，这人世间有看不完的景致。

　　院畔真安静。是不是牛自己解开了缰绳，跑到了坡地里去了？我急急忙忙走近了牛圈。原来，五头牛都很乖觉地卧在牛圈里，它们一听见我的脚步声，一齐站起来了。多么好的牛，我真感激它们，我不由得抱住了乳牛的脖颈，用脸在它的脸上蹭。我说，你们再等几分钟，我给你们先拌一槽草，等你们吃完一槽干草，我收拾一下我的脚，就吆你们去坡地里放，行不行？行。那就好。牛比人还好，它们饿了这么长时间，也不抱怨，那么善解人意。我拌草时，才发觉，料面没有了，牛圈门被它们日塌了。我不责怪牛。这真是几头值得人疼爱的牛。我对它们说，你们慢些吃，吃好。

　　等我走出牛圈才发觉，那眼敞窑塌下来了一半。我进山这几年来，风再狂，雷雨再猛，那眼敞窑也是安然无恙的。据说，它已支撑了上百年，陪了好几代人，它说塌就突然给塌了，而且偏偏塌在了这个时候。这事真有点奇怪。站在院畔看，整齐的崖畔上像是被谁咬住了一口。其他几眼窑没有裂缝吧，我得到崖畔上看一看。

　　其他的那几眼窑倒是没有什么问题。一上崖畔，我被桃树林里的景象惊呆了：好多年不结桃子的桃树上结满了果子，指甲盖那么大的小桃子毛茸茸地缀在枝头，好像出生不久的婴儿一样。从花开花落，我一直没有进桃树林，大概牛天星和南兰也没进桃

182

树林，如果他们发现了这奇迹，肯定会惊喜不已的。我猜想，它们是不是一夜之间长出了桃子？这真是怪事！这人世间的怪事太多了，好像要逼着人承认：春天下雷雨、六月飘雪花都是正常不过的事情；好像有一天，太阳从西边出来了，也不足为奇。我得下山去，把敞窑的坍塌和桃树结果子的事告诉牛天星，他现在心中还能装下这些怪事吗？我想，他不会因为南兰的死而被打倒的，他大概经历的怪事比我们多得多，见多也就不怪了。

12　冉丽梅

　　棺材放在太平间的门口。杨大哥和彩芹嫂还没有回来。牛天星在棺材旁边不停地走动着。他仰起头望着高远而湛蓝的天空。我想说，牛天星，你一定要想开一点，你不要……不要像刚才那样，那简直能把人吓死。你一旦从五层楼上跳下去，你的女人咋办呀？不，我不能说，我怀疑，在那一刹那间，只不过是我的幻觉。不过，我得说出来，我一出口，话却变成了这样：

　　"牛天星，你就是不为自己想想，也要为孩子想想的。"

　　他说："冉丽梅，你说错了，我得为自己想想的，我既然制造了罪恶，就能背负着罪恶活下去。我不想逃避现实，也逃避不了现实。"

　　我说："你也不必那么伤心，什么事情不会铁板一块的，你说是不是？"

　　"不会铁板一块,这话我信。"他说,"你不知道我心里咋想的？"

183

他一把拉住了我。他离我那么近，我能感觉到他的胸脯在剧烈地起伏着。他叫了一声冉丽梅，很激动地说："假如南兰不死，也许有一天，我会完蛋的。南兰死了，我也明白了，我不能完蛋，不能！"

他的浑身在颤抖。他好像陷入了深深的痛苦和恐怖之中了。

13　冉丽梅

我走进院长办公室的时候，牛天星正和院长争吵。我以为牛天星是个书生，脾气太软，我从来没有见过他这么暴怒。他紧握着拳头在院长的眼前挥来挥去，他用农村人使用的粗话骂院长，驴日的院长就不把人命当做一回事儿，血库里没有血，你就不管？你拿人民的薪水，人民养活着你，你把人的命当儿戏？你是个屎院长！牛天星双手在院长的办公桌上捶得咚咚响。他要院长给个说法。院长不时地扶扶眼镜，他蛮横不讲理，竟然说，医院就是死人的地方，死个人有什么大惊小怪的。他给牛天星说，你去告，告到什么地方，我陪你到什么地方。听院长的口气，好像法院是他们家开的。牛天星大概气急了，他一拳打向了院长，院长的眼镜被打掉了。院长气急败坏地喊叫，你再胡闹，我就叫人把你绑起来。牛天星又要伸手去打，进来了两个保安，他们扭住了牛天星。他们扭着牛天星向外走。我一看，急了，顺手抓起了一个凳子向一个保安的头上砸，那个保安一躲闪，凳子砸在了地板上。由于用力太大，凳子腿掉了。两个保安被吓住了，他们松开了牛天星。我给牛天星说，走，咱走，现在不和这些王八蛋讲理，我就不信天下没有讲理的地方。把人给弄死了，还不认错？狗东西，我们不会叫你们安然的。我骂了几句，拉上牛天星，走出了院长办公室。

婴儿的啼哭声是从远处传来的。牛天星似乎屏住气，静静地听。

他说："是不是我的孩子在哭？"

我说："大概是吧。"

他说："不是大概。肯定是我的孩子。"

我说："就是。"

他昂起头，向哭声传来的地方走去了。

太阳光扑向了他。

我真不知道用什么话来安慰牛天星。南兰的死对他打击太大了。这帮该死的医生，我们好不容易把南兰从山里抬下来，却死在了他们手里！等安埋了南兰，再找他们算账。我们不能叫南兰白死了。

第五章　阳光灿烂的晌午
(1999 年 9 月 23 日)

1　牛彩芹

今天的天气真好，太阳光像猫身上一样光滑。刚下过一场雨，难得这么一个好太阳。

南兰今年28岁了，我给长厚说。长厚说按虚岁说，是29岁了。10年过去了，你咋又想到了南兰？我说不是我想，是我梦见南兰了，她还是那个样子。我没敢说我还和南兰说了几句话，我怕把他给吓住了。长厚变得很害怕，怕我提起谁家死了人，怕看见穿白戴孝，怕看见棺材和坟堆，怕听见送葬的唢呐声。我细想过，他是50岁以后变得很害怕了，大概，男人的精气一倒，神气的颜色也就不亮了。其实，人是很简单的，人算不了什么，活人和死人之间不过是一层纸，戳破了那层纸，阴间和阳间就一样了。不然，我听见南兰说话心里并不发怵，她死了和活着一样，

186

就像我和杨长厚活着就像死了一样，人的活着与死去只不过是时间在作怪，时间在操纵。

南兰说，她有话给我说。她把我叫彩芹姑姑。显然，这10年来，我是作为牛天星的姑姑装在她心里的。

南兰没有在我跟前，远远近近都看不见。我能听见她的说话声，却看不见她的人影儿。即将成熟的玉米默然伫立，一只野鸡响起了使人心惊的惊叫，从玉米地里腾飞而起，慌慌张张的青草摇头晃脑，仿佛和晌午的太阳窃窃私语。我抬头去望，天空蔚蓝寥廓，一朵边缘清晰的白云笑眯眯地蹲在我的头顶，莫非南兰的说话声是从白云中飘落而下的？

我说南兰，你在啥地方？

南兰说，姑姑，我就在你跟前。

南兰的声音好像在我四周的草丛里摇曳，又好像躲藏在野花的花蕊之中，扑朔迷离，香气缭绕。尽管南兰的声音和我远隔了10年并不是清晰可闻，我还是能分辨出来是她，她的说话轻俏妩媚，音色亮丽圆润，吐出来的每个字都像从铡刀口里铡出来似的干脆利落。我能看见她的说话声毛毛雨一般洒在我的身体上，落进了我的心窝里。也许这声音是从空气中渗出来的，是从山坡上长出来的，像青草一样在我周围发芽。

我说南兰，我听见了是你。

南兰说，姑姑，我再向你跟前走一步，你用手摸。

话音刚落就有了脚步声，我恍然看见了南兰，像是雾中看花。花非花。花是花。她那毛茸茸的呼吸喷在我的脸上了，我伸手一拉，拉住了她的手臂，我顺着手臂向下摸，我摸到了她那只握过铅笔、钢笔、毛笔的手；我摸到了她那只抓过情欲、恣意放纵的手；我摸到了她那只素描过未来还没来得及给未来涂上色彩的手；她那只手被男人的胸脯和轻率的爱情磨得十分敏感，她手上纵横交错的纹路书写着内心的混乱和情感的纯真。她的手指甲依然修剪得很细心，呈月牙形；她的手心依然潮湿湿的，透着清扫不尽的欲望；她的手指头修长灵活，依然渴望把生活抓紧抓牢；她的整个儿手柔软敏捷，传达着她的心意。我松开了她的手，触摸到了她那椭圆形的脸庞，她的眼睛退去了10年前的稚气，成熟了，有了把握生活的能力；她嘴角的那一丝笑隐而不显，带点讥讽的意思；她的鼻梁上挑动着一丝哀怨和仇视。多好的一个姑娘啊！如果她活着，该到了女人最值得炫耀的年龄了。南兰28岁了，即使她死了，也是女人开镰收获的季节了。

南兰说，姑姑，你不要那样想，你没有死过，你不知道死了和活着的滋味有啥不同。

我看见南兰向后退了一步，又站在原来的位置上了。

她果真能把人心底里那个沉甸甸的匣子撬开，能从人心的海底里打捞上来久藏的东西？她能把我的想法像包袱一样解开？

我说，南兰，你有啥话就给姑姑说。

南兰说，这10年你得是只和天星见过一次面？

我说，是呀，天星在医院里把一只眼睛捶坏了，就是那天站在凤山县医院的楼顶上用拳头捶坏的。我去省城看他那天，他刚从医院里回来，他先是视力模糊，后来就一点儿也看不清了。他装了一只别人的眼睛，那只别人的眼睛看起来和他自己的眼睛一模一样。我问他，能行吗？他苦笑一声，片刻，他说，为啥要叫我看见呢？我真不想看见什么。瞎子看不见真相，就比别人少了一些痛苦。

南兰说，骗人。假眼睛看真的，真的就成假的了；假眼睛看假的，假的就成真的了。你身体上的东西，能用别人的弥补？给你装个别人的心，行不行？肯定不行，人应该有自己的心。天星之所以变了，就是装了那只别人的眼睛的缘故。你给天星说，叫他把那只别人的眼睛拿掉。

我说，他进山了，今天去了202工地，他回来以后，你见见他。

南兰说，我是跟着他来的，我当然要见他。

我说，天星咋变了？变坏了，得是？

南兰说，不是坏。用好坏没法衡量他，他变得和周围的人一样了。

我想，天星就应该和他周围的人一模一样，做平平常常的人，过平平常常的日子。他和周围的人不一样就等于他把自己孤立了。孤独地活人是要受苦的。

南兰说，不是他孤立了自己，是有人孤立他。10年前，他孤立着，但他活得很有勇气，他敢进桃花山，敢把一个18岁的女孩儿带在身边，敢叫南兰怀上孩子。

我说，你见天星有啥为难没有，得是还需要我帮助你？

南兰说，不需要了，我还是我，谁也不会阻拦我的。我知道你站在活着的位置上说话，我说过，我和你们不是一样的，你不要那么说，姑姑。

南兰似乎是生气了，在我眨眼的工夫，她就不见了。

我仿佛是在梦境中，可明明不是做梦。我忐忑不安，懵懵懂懂地从坡顶上下来了，镢头掭在手里，还在想刚才发生的事。

长厚说："你不干活儿，老是东张西望个啥？"

我说："我看天星回来了没有？"

长厚说："202工地那么远，这会儿他不会回来的，你操心干活儿。"

长厚抡起镢头打土疙瘩。麦子刚种到地里，土疙瘩不打碎就影响出苗。长厚对庄稼活儿的仔细是一个老农民的天性，他好长时间没有赌，也没有睡女人（他可能对冉丽梅是没办法了），他不把心思用在种庄稼上，就得去吊死。我想给长厚说，南兰知道天星进山就跟来了，话到嘴边，我忍住了。连很正常的事情长厚也恐惧，这不正常的事，他不吓个半死不活才怪哩。我把镢头抡上去，落下来时，咽下去的话被砸出来了："天星是和南兰进山的。"

　　长厚说："这我知道。"

　　我说："你当真知道？"

　　长厚说："知道就知道。"

　　不是我有意问他，我难以相信他。他挥了挥手臂，似乎要把这个话题赶走，他的坦然使我不可思议。长厚的镢头落在土疙瘩上，镢头底下发出的声音很酥软，他头也没抬说："狗日的冉丽梅又打两个娃娃哩。"我抬头一看，冉丽梅挥着荆条在两个娃娃身上乱抽。这两个娃娃稍不随心，冉丽梅就打他们，打得很狠，真叫人看不过去。都是甘肃人，咋这么没人情？为这件事，我说过，长厚也说过。我转念一想，两个娃娃是人家雇的，咱说得多了，惹冉丽梅不高兴。这真是撂下叫花棍子打叫花，也不想想他们自己当初是啥模样？人还不如套在犁上的牛有情意。

　　我说："长厚，你过去劝劝冉丽梅。"

　　"我才不去舔钻头。站着说话不腰疼，你咋不去？"长厚说，"操心把自家的活儿干好。"

2 杨长厚

不是我不劝冉丽梅，劝她也是白搭。她在我面前说，这两个小伙子是蔫熊，连一个好男人也顶不住。她所说的好男人就是把她弄受活的男人，就是像驴一样骑在她身上能折腾的男人，是浑身是劲的男人。她对我说，杨长厚，你不行了。她抱住我的腰，下身蛇一样摆动，她几乎是哭喊着叫我快一点。我确实是不行了，腰酸腿困，耳背眼花，尿尿也没有力量了，几滴几滴地向下滴，像老秋的房檐水一样挣扎。我承认我是不行了；我真没有料到，我会很快地就不行了，我的心里像喝了陈醋一样难受，我不再去找冉丽梅了，冉丽梅也不再需要我了。这年头，人情不值钱，没分量，只要能满足自己，亲娘亲老子都不认，谁还认乡党？冉丽梅对两个甘肃乡党太苛刻了，两个娃娃变成了她手中的农具，她还嫌不应手。

冉丽梅拉开了草棚的门，我回过头去一看，她向后一趔趄，仿佛被扑过去的太阳光把她掀了一把。她站在门槛里面向外吐痰，"扑"的一声，一口痰子弹一样痛快地射在了门外。她踩着响亮的吐痰声出了门，两个雇工从她的左右两侧消失了，他们掮着镢头上了地。冉丽梅的脸上挂着两朵似乎是剥削而来的笑容，那笑像她的脸皮一样厚。

"长厚哥！"冉丽梅很骚情地叫了我一声，"跟我去山坡。"

我说我不去。

冉丽梅说："你能挖一颗'阳阳草'就顶你五亩玉米地的收入。"

我说我找不见"阳阳草"。

冉丽梅说："我帮你找。"

我笑了。你还能那么善良？那么有情义？冉丽梅不是 10 年前的冉丽梅了。我说，我没有那财运，算了吧。

冉丽梅到北坡找"阳阳草"去了。

这种"阳阳草"只有在晌午，在太阳晒红了的时候才能开花，开了花才能找见它。不然，它埋在羊毛毡一样的青草中，你就是有火眼金睛也不好分辨出它。我没找见过"阳阳草"，我在北坡连续找了十多天也没找见一棵"阳阳草"。冉丽梅说，"阳阳草"的花比针尖还细，血红血红的，太阳一照，像人血一样从花瓣上向下流。冉丽梅把"阳阳草"的根茎拿回来叫我看，那样子真像男人的家伙。我还没说出口，冉丽梅就说，真是个尿样子，一模一样，怪不得男人吃了它像长了两个家伙一样猛。我说，你天天晚上给田登科吃，叫你天天晚上受活。她说，给他吃了是白摺钱，他现在不种自己的地，在别人的地里胡折腾。冉丽梅只是在嘴上抱怨田登科，其实，这两口子谁也管不了谁，谁也不管谁。他们都把钱看得太重了。钱是什么东西？钱是人身上的垢痂。命里有八升，挣死你也得不到一斗，财运是天生带来的，不得强求。我一上了牌桌，就把钱当粪土，把那东西看得太重不行。人生一世，淡得很，我虽然没钱，但不会叫钱累倒的。

冉丽梅挖"阳阳草"不是为了给田登科吃，她为了赚钱，才顶着大太阳在北坡里来来回回地跑，钱眼里有火哩。冉丽梅把"阳阳草"全部卖给了 202 工地上的人。冉丽梅给我说，买"阳阳草"的不是工长、车间主任，就是厂长、书记或经理，都是些有头有脸的人。我说，你咋知道他们是啥身份？冉丽梅说，是她闻出来的。冉丽梅说，这些人身上的气味不对，和一般工人不一样。我说是不是骚气？她笑了，她说不只是骚，那气味儿不正，气味儿比你的大腿还粗，很难说。冉丽梅告诉我，这些人第一次买她的"阳阳草"向她要发票，她说，她哪里来发票？她心里想，你们吃"阳阳草"添快活，还不想自己掏钱？嫖女人也要公家出水？她没发票，那些人照样买。冉丽梅说，她跟着一个肥头肥脑的人去过一次他的办公室，那里的地板比镜子还亮，她不敢走，把鞋脱了提在了手里，惹得大家哈哈大笑。冉丽梅说，办公室里有两个提水倒茶的女子，很骚情，长得比天仙还美。莫非这些女孩儿白天伺候办公室，晚上伺候办公室里的主人？冉丽梅说，他们的茅房比咱的厨房还阔气还宽敞。她坐在便桶上连一滴也尿不出来，尿憋得要命，就是尿不下，一出门，就尿到裤子里了。冉丽梅说得唾沫乱溅。她既赚了钱，又长了见识。我说，那些人吃了你的"阳阳草"，不知谁家的姑娘又要遭殃了。她说，不是遭殃，是交了好运，你不懂得女人，女人哪个不骚情？哪个不贪图受活？冉丽梅竟然变得这么快。她的做事和说话大不一样了，她向 202 工地上跑得越勤变化就越大，从老家刚来的那个勤快、泼辣、善良、礼数周到、很近人情的冉丽梅早已无影无踪了。不是她有本事能把 202 工地上的那些人的钱掏出来装进自己的腰包，而是 202 工地上的那些人需要"阳阳草"支撑。人没有什么支撑也就不行了，哪怕支撑人的是刀子，是稻草。

"阳阳草"是冉丽梅在桃花山的北坡发现的。北坡是雍山的禁地，北坡不仅坡很陡，那里的草像上了油，人一踏上去，一不小心就从悬崖上滑下去了。就是你再小心，也不能去北坡，凡是闯北坡的人回来身上就得了一种疮，那疮专门侵害人的那个地方，男人的卵子里淌黄水，女人的阴道口会化脓。这事儿，冉丽

193

梅知道，可她不怕，她吆着两头牛进了北坡，在北坡的草地里放了大半天牛。牛彩芹说，冉丽梅这一次肯定烂了×，她这话是给我说的。怪就怪在冉丽梅的×没烂，她那头犍牛却发了疯，那畜生把我的两头乳牛和她家的两头乳牛撵着满山跑，犍牛的两条腿一搭上乳牛的后背就没命地晃，它对乳牛的强奸很疯狂。冉丽梅看着那情景笑得满头的头发在颤动，嘴巴差一点拧到了耳朵梢。冉丽梅说，叫它弄去，看它有多大的劲。四头乳牛被犍牛欺侮得人一样怪叫，我撺掇冉丽梅干脆把那头犍牛卖到肉坊去算了。冉丽梅不卖牛，她有自己的打算。过了半月，犍牛不再疯狂了，冉丽梅也安然无恙。我问她，她那个地方有无反应？她把裤子抹下叫我看，她那儿好好的。她又把牛赶到北坡，她发现犍牛吃了开血红色花的草以后开始在坡地里乱跑，她记住了那草，她把那草挖回来了。她说，给牛能壮劲就能给人壮劲，人和牲口是一样的。冉丽梅把"阳阳草"拿到202工地上去卖，202工地上的人把"阳阳草"叫"金刚不倒"。冉丽梅说，她第一次把"阳阳草"卖给了一个秃顶腆肚的老头子，卖了300元；她第二次见到那个秃顶腆肚的老头子，他拉住她的手眼泪长淌，她以为"阳阳草"把他吃出了毛病，心中不安，不知所措。他把她的"阳阳草"抓在手里，给她掏了600元。她才明白，这"阳阳草"有多大的劲道。她给我说，人和牲口是一样的，你信不信？我说我不信。假如人和牲口一样了，人还叫什么人？不过，这也确实把一些人改变得跟牲口一样了，什么事都能干，什么事也敢干。

　　冉丽梅靠卖"阳阳草"发了，发了财的冉丽梅不再种地了。她变成了一棵草，在争季节。人生一世，草木一春，既然做了草就得争，好季节一过，秋风卷地，残冬到来，再旺盛的草也抬不起头了。大概，冉丽梅认的就是这个理。

那两个雇工又在哭喊。哭喊声像风地里的树叶。

"你去看看，人家娃给她干活儿，咋能打人家呢？就是儿子也不能打呀！冉丽梅咋这么狠？"牛彩芹说。

"好好好，我去劝她。"

我提着镢头到了冉丽梅的地里，冉丽梅一看是我，住了手，我问她是咋回事？

"叫他两个说是咋回事。"冉丽梅的一双眼睛死瞪住两个雇工。两个雇工双手抱住头，蹲在地里不吭声。

"你说，到底是咋回事？"

"咋回事？"冉丽梅的眉梢一扬说，"两个瞎熊把我的一棵'阳阳草'偷吃了。他们吃了，还不如叫牛吃了去，犍牛吃了还能给乳牛撒欢。"

"咳咳！"我一听笑了，"原来是屎大的事。"

"屎大的事？你说得倒轻松！"

我把耳朵凑近冉丽梅笑着说："你真是吃人不吐骨头，要叫马儿跑，就得给马儿吃得好。"

"杨长厚，你不要装好人。"冉丽梅的嗓门很高。冉丽梅说我一满是胡说。

冉丽梅举起荆条又要打，我拦住了她。我给两个娃娃说："还不快干活儿去，得是等着挨打呀？"

两个雇工拿上镢头走了。

我进了地，彩芹问我是啥事，我说，屎事，屎大点事。冉丽梅真是疯了。现在的冉丽梅的确只看重两件事，一件是赚钱，不要命地赚钱；一件是干那事，天天晚上被男人压在身底下她心里才受活。人活着就为了这两件事吗？人毕竟不是牲口。人和牲口是不一样的。

3　冉丽梅

我挖一颗"阳阳草"容易吗？叫你们两个偷着吃？我待你俩不薄，管吃管住还给工钱。我是够人情了。因为我善良他两个就可以胡来？就可以偷吃我的"阳阳草"？我在北坡上转悠上一整天也找不到一棵"阳阳草"。那东西神得很，你得把眼睛睁得跟牛卵子一样大，盯住它不放，紧紧地盯住，不然，它一闪，像血一样哧地向上一喷就没有了。我挖"阳阳草"是把命提在手里去干的，牛彩芹咋不去？她还不是怕烂×？"阳阳草"那么值钱，雍山里的人咋都不去呢？我也听说过，确实是有人进了北坡而烂了家伙的，为赚钱，把×烂了，图个啥呢？说不定有一天，我也会遭了殃，烂了那见不得人的地方。如果是那样，我就跳沟跳崖不活了。挖"阳阳草"险是险了些，可毕竟没有种粮食苦，吃那么大的苦，流那么多汗，啥也不顶，如今粮食成为最不值钱的东西了，像人一样不值钱。202工地上的人把"阳阳草"当命根子，这也难怪呀，"阳阳草"能给他们带来快活，他们花钱买快活。活人就得看重眼前，能快活一时就是一时。不然，腿一蹬，啥也没有了。还是公家的人会活人。他们就是和农民不一样，农民看重的是活人过日子，是土地、粮食、牲口、儿女、人情、将来。其实，寻快活是对的，寻快活有啥不好？杨长厚说我疯了，疯狂了。人嘛，能疯就得疯。人是个可怜虫，在世上是疯不了几天的。人很快就会老了，死了。人一老，什么福也享不上了。死

196

了，不还是一把骨头？牛天星一进山就说，冉丽梅，你变了。我咋变了？我说，10年了，还能不变？我老了。牛天星说，不是老，要说老，大家都老。我的快活没有写在脸上，他咋知道我变了？我不像你牛天星，整天忧忧愁愁的，天下的事，你管得着吗？你不要担心天塌下来。天不会塌的。你写书，你赚钱，也不是为了带一个女孩儿到山里来玩？

那天，太阳很富态。我看见，牛天星是从平岭上进山来的，他走到我跟前了，我还没有认出来是他，我实在是记不起来了。他说，我是牛天星。我说，哪个牛天星？我不认得你。他说，我是牛彩芹的侄儿，10年前，来过桃花山。10年前？10年前是哪一年？1989年？我笑了。我连去年的事也模糊了，还能记起10年前的事？不是我故意不认他，我确实记不起来他的模样了。他说，他是和一个叫做南兰的姑娘进山的。南兰是谁？我想了一刻才想起了牛天星领着一个女孩儿进过山的。也是在这个时候，麦子刚种完，太阳还没有蔫下去。南兰是啥样子，我记不起来了，好像是留着一根长毛辫子，好像是很骚情。我们活人是活的眼前，不是10年前，也不是10年后。202工地上的人都是这么个活法，今日有酒今朝醉，谁知道明天、后天会怎么样？我问牛天星从哪搭来的。他说是从省城里来的。我说，省城里那么热闹，你跑到山里干啥来了？他说，10年没有来了，我来看看。他不会那么消闲的，城里人都为赚钱赚疯了，你以为我不知道？不光是我一个人疯了，人都为赚钱疯了，为图快活疯了，我从牛天星脸上看得出来，他不是进山来看看的，他一脸的心事，一脸的不快活。再说，山里有啥看头？山里只有山只有水只有土地和牛羊，只有树木和青草，山里没有小姐没有宴席没有小车没有歌舞。不过，202工地上这些玩意儿都有。听田登科说，202工地上的人可会活人了，他们和小姐一起赤条条地洗完澡，然后就干事，然后，去歌厅跳跳舞，然后，再上酒桌，这就是有钱人的日子。我给牛天星说，你到桃花山来，还不如去202工地上看一看，那里和省城差不多，省城有的，202工地上全都有。有了商店医院，有了小姐街痞，卖啥的都有。牛天星说，我是要去的。他问我：田大哥呢？我说，你问田登科？牛天星说，还有哪个田大哥？我说，他长年在202工地上。牛天星说，得是他在那里工作？我笑了：不是工作，还说啥工作？是赚钱。我给牛天星说，田登科在202工地上包了一个歌舞厅，是和202工地上的一个公安干警一块儿干起来的，他们从山里头请了十几个女娃娃，你去玩一玩，田登科管保不会收你的坐台费，说不定还会白叫一个小姐给你泡。牛天星说，10年不见，你也是满嘴的时代语言。我说，红太阳的光辉照大地嘛。

牛天星老了，两鬓的黑发中有了不少白丝，脸上的皱纹比他的神态还爽快还精神。我费力地想，10年前的牛天星肯定不是这个样子。按他说的，假如10年前他来过桃花山，那时候，他肯定还有些疯劲的，还能在女人肚皮上撒欢的。我一看他现在的这样子，他肯定是不行了，和杨长厚差不多一样了。人活到这个份儿上真叫难受，那个难受没法给人说。他脸上有事，心里也有事，不然，不会跑到桃花山来的。管他是啥事，他有事没事都和我无干，他要买我的"阳阳草"我照样收他的钱，我才不管你是牛天星马天星呢。

我目送着牛天星进了院畔，我看见他在草棚前站住了，他在抬头张望着。我用鞭子在犍牛身上抽了两下，这畜生，你不好好吃草，愣个啥？阳历9月了，天气还这么好，难得呀。

4　牛天星

　　草棚还是这草棚，草棚上不止一次地苫过茅草，过多的茅草将草棚压得喘不过气来。窑洞还是这窑洞，崖畔比 10 年前黯淡了，黄土被风雨洗刷得苍凉了。桃花山的 10 年变化就在于草棚上多了一些茅草？不至于吧。冉丽梅怎么不认得我？她怎么遗忘得这么快？才 10 年，昨天的事对我来说还在眼前，那些人和事刀子一样刻在我的心里和我的肉长在一起，那些人和事对冉丽梅来说难道是一阵风，一眨眼就刮过去了？她的心难道是板结的土地，什么样儿的种子种进去也不扎根？不发芽？姑姑和姑夫还认得我吗？还能记起南兰吗？是不是我的生活和他们的生活没有多么大的关系，他们很快就忘记了？是不是我变了？是不是我将我这次进山的目的写在了脸上被冉丽梅看破了？不可能，如果不是因为南兰，我何必大老远跑到山里来？既然来了，得好好看一看。通向崖畔的那条小路被倒塌的敞窑埋没了，我得绕道儿才能上去。

　　我一爬上崖畔就惊诧得屏住了呼吸，我以为我看花了眼，我以为我的那只别人的眼睛在作怪，我用一只手捂住假眼睛，用那只自己的眼睛凝视：崖畔上的桃花林里是一片粉色，桃花开艳了。这是阳历的九月，而我仿佛身处三月，被一排艳丽张扬的桃花捉弄着，我能听见桃花在嘤嘤嗡嗡地响。它们似乎向我声明，这是真的。时空混乱了，九月如同三月。我在桃树之间穿梭，我抓住一棵桃树抬头去看，桃花把蓝天白云拉近了，桃花把天际织

199

成了纷纷乱乱的色彩。南兰紧靠着桃树的躯干，我的两只手臂抱过去，双手抓住了桃树，南兰就在我的臂膀之间。我在她的两腮上深深吻着。她的手伸进了我的两肋之下抚摸，棉绒一般的抚摸使我陶醉了。我用一只手去摘抚摸我的那只无比亲切的手……粗糙的大手给我留下了粗糙的感觉，有富叔捏了捏，他说，叔揣一揣，看牛牛在不在？在，它在……南兰抓住它，南兰喘着气说，我要，现在就要。身子靠住桃树。站在桃树林里做爱，这真是太浪漫了。随着我的进入，南兰和桃树一起快活地呻吟，在两个人尽情的晃动中，桃树的叶子纷纷而落。落下来的花瓣如梦一般乱撒在草地上，我捡了一瓣九月的桃花下了崖畔。

姑夫和姑姑刚从地里回来。

姑姑打量我几眼说："真没有想到会是你，你是啥时候进山的？"

我说："半晌了，我到崖畔上去看了看。"

姑姑说："崖畔上有看的啥？"

我说："这桃花咋又开花了？"

姑姑说："它要开花就让它开去。这年头的怪事多着哩。"

姑姑和姑夫一点儿也不惊诧，好像桃树两次开花是极其正常的事情。姑夫只是朝我点了点头，没有说话。进了草棚，姑夫一看我手里依然拿着一瓣花就说："你咋还像娃娃们一样，见花就伤情？"

我说我不是伤情，只是觉得奇怪。姑夫说，桃树开两次花有啥奇怪的？姑夫的目光里有讽刺，也有漠视、轻视。我把花瓣丢在了草棚外，那花便随风而去了。姑姑和姑夫都没有问我进山干啥来了，没有问我要住多长时间，没有问我这 10 年是怎么过来的。他们的平平淡淡使我黯然神伤。

如果不是我张口问姑姑，姑姑是不会说什么的，她大概懒得说，也大概觉得说不说都是一样的。我问姑姑这 10 年是不是就待在桃花山（他们说过，1990 年以后就下山），姑姑平静地说，下去过三次，在山下面最多待过一年半，最少待过一月半。下去又上来，折腾来折腾去，还是桃花山能待得住。姑姑的表情淡然，语气淡然，举止淡然，连草棚里的空气也比 10 年前淡然得多了。冉丽梅的遗忘，姑夫的冷漠，姑姑的淡然使我始料不及，他们的人生态度，大大地削弱了我这一次进山的目的。他们对周围的世界对自己都漠然处之，你还满怀着情感，到这里来追寻你和南兰遗留的足迹？普通人就该过普通人的日子，何必多愁善感？你不是谭嗣同。老百姓也不需要谭嗣同，不需要以血警世。他们有饭吃有衣穿有热炕睡有平平安安的日子过就行了。我开始怀疑自己。我给自己说，不要把普通老百姓的热忱估价得太高了，他们并不太关注你所关注的，姑夫和姑姑也罢，冉丽梅和田登科也罢，他们只想活人过日子。你必须明白：活人其实是很实在的。每个人都活得不轻松，农民也一样，他们手中的钱是用汗水换来的。他们一生只求把儿女们养活成人，自己能过几天安然日子。他们不会关注你所关注的那些事情的。你怀旧也罢，忏悔也罢，愤怒也罢，麻木也罢，都和他们的活人过日子无关。

5　田登科

钱是个好东西，到啥时候钱都是好东西。其实，我对那些女孩儿不算苛刻，她们挣100，只给我交30。这行当的事，我心里亮清

201

得很,县城里的、省城里的娃们要给老板交一半儿,挣100,自己只能落50,有些娃们到头来还叫老板搜了身。我对娃们挺宽厚的,想走就走,想来就来,只要能挣到钱,娃们喜欢我高兴。娃们就是迈不出第一步,第一次干那事,娃们总是怯火,只要想通了,挣钱的门路就开了。我开始在202工地上也是干苦工的,就是开了歌舞厅也没想叫娃们去干那事,后来我才发觉我是农民脑瓜,是死脑筋,到处是钱,钱比坡地里的草还稠,就看你挣不挣。202工地上的头头有的是钱,他们需要这些女孩儿,女孩儿需要钱,两厢情愿,这有啥不好?娃们从有钱人的腰包里掏出来一些钱,拿回去买化妆品买家具,孝敬父母,活人过日子。不然,有钱人的钱凭啥给你掏出来?你的脸蛋儿再好,放在农村里,放在穷山沟里,一分钱也不值。活人就得灵活一点,不能老守着一只灶眼门烧。我从甘肃老远跑到桃花山,干了那么些年,流了那么多汗,也没发财。土地不养人,土地养人是过去的老话,人要靠人养。

今天天气好。天气好,人的情绪也好。我正说要去街道上,娃们说有人找我,是公安是税务是卫生是工商还是街道办事处?这门面是我和派出所里的一个副所长撑起来的,我还怕谁?来就来吧,只要有钱,谁也好打发,除非是阎王爷。我给娃们说,叫他到办公室来。

噢,原来是陌生人。我说,洗头洗脚和桑拿都在后边的二楼。那人说,不洗,我只看看。我说,这里不准参观。我一看,那人没有派头,也不像有钱或有势的主儿,我就打发他走。这是花钱寻快活的地方有啥看头?没有钱,你的腿就不要向这个门槛里面跷。那人嘴角歪出了一点笑,他说,尽管你肚子腆得很起,口气很大,我还是认得你,田大哥。我说,你是谁?他说,你看看我是谁。我看了看他,他的一只眼睛跟冰块一样,很冷。我说，我不认得你。那人说，你再看。我又看了看那人，那人的另一只眼睛仿佛喷着火，又仿佛是镜子逼着我去照它。我坚定地说，不认得，你找错人了。那人说，我认得你，你是田登科，田大哥。我说，你是？那人向我跟前靠近了一步说他是牛天星。我问他，哪一个牛天星？那人说，你再想一想，朝过去三年五年十年八年地想，向后想。噢！我想起来了，他就是十年前来过桃花山的那个牛天星。他给我买过一双解放球鞋，我把那双鞋整整穿了一年。那鞋是正经货，正经货就是不一样。我穿着那双解放鞋进了院畔，急忙走进牛圈。牛饿极了，用嘴解开了缰绳，把牛圈门也日塌（弄坏）了。三十多斤料面本来要吃六天的（每天晚上睡觉时只给它们拌一槽干草，撒些料面）。一斤玉米4毛，三十多斤玉米15块，玉米磨成料面要花两块，总共17块。这17块应该算到牛天星名下，我给冉丽梅说。冉丽梅说，看你那熊样子，南兰把命都丢在医院里了，牛天星心里难受得大概像刀割，你还疼惜你那17块钱？你真是钱日下的，八辈子没见过钱？冉丽梅再骂，我也不计较。我把牛天星的17块欠账写在了窑壁上，用粉笔写上去的。每天一进窑我就看见那几个字：牛天星欠17块。当然，这还不包括日塌了牛圈门。三年五年过去了，窑壁上的字模糊了，牛天星也模糊了。

我以为牛天星是从省城里跑到山里来寻野味的（去年，我就接待过几拨子这样的客人。他们小车上的字母是以"U"字打头的。省城里的客人出手就是大方）。我说，你是先去大厅里唱几首，还是进包厢？牛天星摇摇头说，不，我不是来做生意的。我说，到了这地方就不要客气，到我这里来的有生意人有当官的，也有像你们一样的人，他们是作家，是记者。他们就图山里的女孩儿有股野劲，也比省城里的女孩儿干净些。怎么样，我叫出来几个由你挑？牛天星说，我真的不是那个意思。我说，小老弟，田大哥不会宰你的，只收你七成钱，这里很安全，没有大盖帽子来查。牛天星说什么也不干。我看他不是假意，要么是他的肾不好，要么是他的钱太少，没有不吃腥的猫。我没有再勉强他。他的言语极少，他说来看看我的日子过得咋样。我说，还好，和城里人的日子差不多吧。山里也在开发，开发和不开发大不一样。牛天星说，是和省城里没有多少差别，我能感觉到。他在我的歌舞厅转了一圈，叹息了几声，牛天星临走时给我说，田大哥，我看你还是种地去，是农民咋能不务正业？我笑了：务正业？务正业能挣大钱吗？你在省城里，见过大世面，你说，现在有多少人是靠务正业挣大钱？牛天星说，工人和农民都在务正业。还是走正道儿吧。你牛天星说得再漂亮动听，我也不会把门关了的，在这里谁能说我不是务正业？我给山里的女娃娃们提供了就业的机会，也使有钱的人得到了快活，两厢都受益，我不过是个中间人罢了。

我从牛天星身上再也看不出当年带着那个叫南兰的小姑娘在桃花山来寻快活的牛天星了。他变得木讷了，跟石头差不多。

牛天星走后我就想，假如南兰还在山里，她一定会来202工地捞一把的，画啥画儿？长得那么俊秀，还不趁年轻挣些钱，等到啥时候？二十八九岁，打扮一番，还不算老。

6　田登科

叫我来202工地挣钱，靠卖淫挣钱？亏你想得出！田大哥，你把我当成什么人了？我是那些风流浪荡的女人吗？"田大哥，你说话呀！"

"你是谁？"

"我是南兰。"

"你不是南兰，她，她下山了。"

我不敢说她死了的话。我拿不准她究竟是谁。我刚送走牛天星，我半躺在沙发上刚闭上眼，还没有睡着，就听见了脚步声。我一睁开眼，她就站在我跟前了。她说她就是南兰。她说话的声音似乎很遥远，被一层幕布隔着，能看见轮廓，看不清模样。我几乎不是看见的，而是嗅见了她的那根又黑又粗的毛辫子，这根毛辫子有小麦和玉米的气息，垂吊着一个成熟女人（她大概二十八九岁了）的魅力和庄重。

我随手抓住了她的毛辫子，从她的身后。她一弹跳，裤脚被路旁的枣刺挂住了，她拿画板在我身上拍打，我弯下腰去给她摘枣刺。你真坏，田大哥，从背后抓人。我说，我有天星坏吗？南兰说，你坏，他不坏。我从那根长毛辫子上看见了南兰。秋天的晌午应该是很体面的，房间里的亮光似乎装在一个玻璃器皿里，她说："田大哥，我不是来责怪你的，我找天星，我看见他进了这个门，我在包厢里都看过了，就是没有他。"

我说："他刚走，大概去桃花山了。牛天星不进包厢。"

南兰说："不要再撺掇他。他不是那种人。"

我说："我看牛天星心事重重的，他没有那个兴头。"

南兰说："他是没有泡女孩儿的兴头，他这次来桃花山是……"

南兰欲言又止了。我小心地问："他干啥来了？"

南兰说："说出来你不会相信的，不会动心的。就是有人死

205

在你面前，你也不会动心的。你不是 10 年前抬着我去县医院的田大哥了，那时候，你把自己的命都贴进去了，现在，你心里有比命还贵重的东西就是钱，你的腔子里叫那东西塞满了。"

我说："南兰，你田大哥真是那么坏？你把我看扁了。"

南兰说："不是我看扁了你，是你由不得自己。"

我说："要想活好人，就要跟着社会走。现在的社会好得很，只要有钱，啥事都能办到。"

南兰说："是的，钱是一把尺子一杆秤。"南兰讥讽地说，"你觉悟得早，有钱了，得是？"

我想趁此机会给南兰说，你死得很冤；我们桃花山人尽了多大的力，也没救下你。要了你命的是那些不负责任的医生。

南兰说："这不用再说了。你看看，这个人世间有几个人对别人负责？对自己的良心负责？为了自己，谁都想把别人推进火坑，总有一天，人会自己害怕自己的。"

"你说自己害怕自己？"

"是呀，"南兰说，"是自己害怕自己。"

"你说的是啥意思？"

"人自己给自己挖下了坑，总有一天会把自己埋葬的。"

我想给南兰说，怕啥呢？我不想活七老八十，死了就死了，活着就活着。没等我再开口，房间里模糊的光线撤走了，南兰不见了。秋天的阳光重新布置在窗户上，匀抹在沙发上，桌子上，地板上。晌午的热闹跟太阳光一样，这热闹里有女孩子们的笑声和歌声，那声音跟雪地里踏出来的牛蹄印一样。

7　南兰

　　我一把拽住了天星，当天星准备走上医院里的五层楼，从楼顶上扑下去之时，我拽住了他。我知道把冉丽梅吓坏了，桃花山里的人都为天星而担心，担心他是否能承受得了失去我的打击。对天星来说，打击不仅仅是由于失去了我，来自多方面的打击钢针一般扎着他的心。他能承受来自外部世界的打击，也能慢慢地消化它，吸收它，而他却很难承受来自自己内心的打击，那种煎熬痛苦得很。你当初想保全我的贞洁，结果呢？保住了吗？可见，你的想法是荒唐的。你必须承受南兰的"不贞洁"，消化南兰的"不贞洁"。你就不想想，到处是泥淖，我不跌进去，那才叫怪呢。

　　现在，我躺在黑漆漆的棺材里，面对着黑漆漆的四周，属于我的生存空间本来就很小很小的，我不再担心踩进泥淖里难以自拔，我只能眼睁睁地看着人世间，眼睁睁地看着你，眼睁睁地看着我们的孩子。我们终究有了孩子，我很想见见他，又怕吓着他。孩子已经知道他的妈妈死了，我的突然出现会使他害怕的。不能让孩子一出世就在害怕中生活，孩子的胆量、勇气、刚毅从一开始应该在宽松的环境中成长。我是伴随着害怕长大的，害怕父亲的巴掌，害怕母亲的眼泪，害怕老师的牙齿（他的牙被烟熏得焦黄焦黄，嘴一张，是个黑洞），害怕小同学的唾沫。我害怕失去你，最终还是失去了你。我知道没有永恒，这道理我懂。即使你记住了我，也不会永远刻在心中的。特别对一个死去的人来说，要被人记住是很艰难的。记住一个死去的人，就等于背负着

207

思念和眼泪，背负着忧伤和痛苦。人是贪欢的东西，谁也不愿意给他的生活中注满痛苦。

天星，我知道你不会为了糟蹋自己而出入那种场合的。我倒不是说你嫖女人有多罪恶，我是说，女人不会使你解脱，不会给你带来快活。如果说是为了寻求快活，你去嫖妓，那倒也罢了，假如你搂着那些描眉画眼的女孩儿，你的身体和一丝不挂、仿佛老鼠剥了皮似的肉体泥在一起，你强举着你那玩意儿戳进女人的肉体，你的意识呢？你的思想呢？那一刻，你的五官不是快乐的扭曲，而是出奇的平静，近乎麻木，如石头一般，你上下抽动的动作和你抡起老镢头挖地没有什么两样，你绝望地从女孩儿的身体上下来，绝望地责备自己，痛斥自己，憎恶自己，吩咐自己不再那样。还没等你心中的伤口愈合，你又去了，又用自己的刀在自己的身上戳，直到伤痕累累，身上结了硬痂，失去了感觉。那一刻，你的胸膛里空荡荡的，没有肺腑，没有心肝，没有血肉，没有神经，只有一具躯壳，只有一副叫做人的面目。我说的是假如，不是责备你。天星，我的爱，我相信，你不会糟蹋自己的。糟蹋自己是无能、懦弱、恐惧的表现，这是你曾经告诉我的。我在睁大眼睛看着你，每天都守着你的灵魂，从十七八岁守到了二十八九岁。天星，我的爱，我给你说话，你能听见吗？

8　牛天星

好像有人在我的耳边咕咕哝哝地说什么，可我一句也听不清，那话语是望不到边的麦地，麦浪仿佛老鹰的翅膀在扇动，却看不清叶片儿和麦穗。我能肯定，那是人的话语，生动，亲切，具有诱惑力。语言是一缕和煦的风，拂面而来，轻轻地在我的身上挠着，我醒来了。我记起来了，是南兰告诉我不要胡来。我说南兰，才过去了10年，你就把我看扁了？我咋能胡来呢？我不是没有道德的人。道德，其实是人给自己设置的禁忌。人一旦失去这种禁忌，人就不成为人了。

　　山里的太阳很勤奋，天也就亮得早，太阳像狗舌头一般把草棚内能舔到的地方都舔了一遍。我爬起来一看，姑姑和姑夫上地去了，几只鸡在院畔的草丛里乱啄。清晨的桃花山静如和尚坐禅，崖畔上的桃花在崭新的太阳光中争艳夺芳的声音如毛毛雨一般飘飞。我试着咳了几声，喉咙眼里那团是痰不是痰的东西咳不出来，胸腔里有点闷。冉丽梅大概被我咳醒了，她在窑洞里伸懒腰打哈欠的声音舒舒服服的。两个雇工可能出工去了。10年后的她将生活竟然梳理得如此滋润。难怪她舒舒服服地睡懒觉，伸懒腰，在生活中，她算是如鱼得水了。我用我那只真眼睛看她，她活得有质量，而那只别人的眼睛告诉我，她的生活未必就这样美妙。

　　进山四天了，姑姑和姑夫没有问我进山干什么来了，在这里暂住还是久留？没有问我这10年的生活，没有问我的女人和儿子，没有问我现在的生存境况，什么也没有问。我看得出，不是他们故意不问我，不是他们有意识地躲躲闪闪，他们没有问是由衷的，出自内心的。他们的漠然、淡然、木然使我寒心，他们的沉默、疲惫、毫不在乎悄悄地改变着我的感情。姑姑和姑夫再也不可能有10年前的那种激情了。不要说崖畔上的桃花开了两次花，他们不觉得蹊跷，就是满山的石头开了花他们也不会发出一声惊叹的。生活就是这个样子，有什么大惊小怪的？假如10年是生活的一个单元，这个单元和那个单元的内容既统一又不一样，这才是生活，你怎么连这一点都没有意识到？你总是不想让生活改变你，所以，你才有痛苦感。

四天来，你装出一副平静的样子来，装出什么事情也没发生什么事情也不会发生的样子来，冉丽梅和田登科已忘记了你，姑夫和姑姑也将忘记你。这个人世间的事情依旧会悄无声息地轰轰烈烈地进展，生活依旧在别处。姑姑和姑夫的淡然、漠然和木然应当是你的一面镜子。你凭吊南兰，你了解山里人的生活，你所做的一切都应当是改变自己，使自己变得坚强，顽强地活下去。

我走出了草棚。

冉丽梅从窑洞里出来了，她满面喜色，那淫荡之气填充在鼻眼凹里还没有消化完。

"牛天星，这几年得是发了？"

"你看我是发了的样子吗？"

"还没有发？那就跟我干。"

"干啥？"

"挖'阳阳草'，一棵最多可卖800元。只要你不怕烂了你那家伙就干。'阳阳草'就是补家伙的，男人吃了它，像叫驴一样，能日得很。"她放声大笑，"哈哈！哈哈！"

"我不想干那种事。"

"看你，得是放不下架子？你没发就不要有架子，有了钱才有架子。忙毕（麦收后），省城里来了几个人要租我们的山庄，价钱再高，我们也不出租。我看这些城里人胡吹牛皮哩，手里就没有钱，他们可能在城里混不下去了，向山里人伸手。"

"这事多得很，你有了钱，也可以进城去住。"

"你别小看我，牛天星。我再干两年，就进城。叫你田大哥开个窑子，他当老板，我当总管，咋样？哈哈！哈哈！"

冉丽梅在清晨的笑声像玻璃一样明亮，仿佛从高处跌下来的水打在了石头上，四处乱溅。

我说："田大哥得是在 202 工地上？"

冉丽梅说："你去看看他，他在那里很得手，人也吃肥了。"

我给冉丽梅说今天晌午去 202 工地上。

我向院畔东边走了走，撵着太阳走。我走在那条从荒草中伸出来的小路上，耳边第一次有了咕咕哝哝的声音，可我一句也听不清，那些话语是望不到边的麦地，麦浪仿佛老鹰的翅膀在扇动，却看不清叶片儿和麦穗。我能肯定，那是人的话语，生动，亲切，具有诱惑力。

9　牛天星

中午的太阳仿佛一把利剑竖立在 202 工地上，肉眼儿（尽管我只有一只）可以清清楚楚地看见颗粒肥大的尘埃自由自在地蹦动着，太阳光似乎是一把刷子，涂刷着楼房、路面、烟囱、树木、花草和行人。我抬头看看被云烟锁住的天空，看看远处的厂房（或者是操作间或者是什么实验室），这里的环境和省城里没有多大区别，连太阳的光线也黏稠黏稠的，有一些城市文明的特征。这就是冉丽梅嘴里学来的新名词儿："工业"。"工业"把喧嚣的城市和本来安安静静的深山抹平了，抹成了一样的色泽；城市里有的这里应有尽有。"工业"把活跃在这里的野猪、兔子、

211

狐狸、狼和鹿统统撵跑了，"工业"使山民们打开了眼界，跃跃欲试。田登科在"工业"里如鱼得水，这是我没有预料到的。一个老老实实的农民这么快就被"工业"看中、接纳、利用了，他尽情地在"工业"里发挥着自己。他绝对不是装作认不出我，他确实没有认出我来，不仅仅是10年的时间隔断了他的记忆，他的头脑里十分自觉地将我排斥了，记住我就等于记住过去，记住忧郁、焦灼、痛苦和伤害。对这道伤心菜他忌了口，他的味觉变了，变得需要欢乐、轻松、放纵和能刺激自己的东西。他那腆着大肚子的模样和那些脸谱化的电影里的黑道人物没有两样：光头，一身肥肉，敞胸露怀，几撮胸毛很厉害，裤带系在小腹以下，肚脐眼牛眼睛似的圆瞪着。他一挥手，我才看见，他的一双手的两个中指上戴着两个制作粗糙毫无款式的金戒指，金戒指用它的重量表示着田登科的分量。他问我要不要女孩儿。我摇了摇头。看来，这是他招待人的一道"菜"。在这些场合，他们从来不把女孩儿当人看，只当做商品。我知道，城里人的一些人送礼不再送钱了，而是送女孩儿，外加"伟哥"或虎鞭牛鞭什么的。求人办事或晋升职务送一两万元已被对方不屑一顾了，而到了山里，也用女孩儿做礼物？城里有的，山里很快就有了。这些丑恶的东西简直像病毒一样，传播得很快。

"是客气？或者怕有病？是客气就不必了，我给你实话实说，我这里的娃们都没有那个病，要靠那玩意儿挣钱，就要收拾得干干净净的。挖地也得一把好镬头，我常给娃们说，娃们听我的话，都有安全套，你放心好了。"

"不是，都不是。"我断然拒绝了。

田登科的话语比写到纸上的粗得多，他丝毫没有羞耻感。他把自己的挣钱建立在别人的痛苦之上，自以为是本事。其实，被毁了的人，不止田登科一个。他曾经是多么朴实的农民啊！竟然变成了这样？

我问他生意怎么样？他连声说好好好。他似乎是很心疼地说，好是好，就是要挨宰，狼一半，狗一半。公安、税务、工商、卫生、202主管，是人不是人都要吞我一口。反正牛毛出在牛身上，只要有牛就会有毛。他的眉毛舒展开，满脸殷实肥沃的笑。

"日子过得怎么样？"他问我。

我苦笑了一声："还可以。"

"进山干啥来了？没带一个女娃娃？"

我又苦笑了一声："不是那回事。"

"是那回事。"他纠正我，"人生在世，吃好，日好，就那回事。"

"田大哥真会活人呀。"

"活人就该是这样，不要想不开。你不是带过一个叫什么兰，还是什么花的女娃来桃花山快活过一场吗？现在咋变得忧忧愁愁的了？"

"我没有变呀。"

"你变了，我也变了。我那时穷得像贼一样，还骂202。多亏了202，我真该抹下帽子给202磕响头才是。"

他问我第一次进山是哪一年，我说是1989年。他说，不是吧，好像很远很远了。我说是。他说，管它哪一年，如今活人，不要想那么多。他说，有钱花，有酒喝，有女孩儿搂着睡就算是活得好。他说，202工地上那些有钱的有势的人改变了他，不然，他只知道像牛一样干活儿，只知道养活婆娘娃娃。他的兴致很高，抢镢头似的抢着手臂，手上的金戒指在空中画出一个又一个沉重、深刻的弧线。

不时地有三三两两的人进来，不时地有女孩儿的尖叫声从包厢里挤出来。田登科不叫我走，他说你再坐一会儿，管保就受不了了，等你有了想头，我给你叫一个女孩儿。他多么有心计！他能捕捉到人性的弱点，抓住弱点就进攻。就在那一刻，我对田登科看得更清，对自己也看清了。这个世界变化再大，做人的根本不能丢：善良、同情、自尊、自爱。

10　南兰

对于一个死去的人来说，时间是混混沌沌的一片，是没有尽头的河流。我依然能感觉到这是秋天的晌午。秋天是最丰富的季节，晌午的太阳最灿烂，秋天的晌午最容易叫我记住，连那些细枝末节也不会忘记。

我所说的那些细枝末节其实是最能牵动我的，刻骨铭心，融入了灵魂，带进了棺材，不只是回忆的材料，而是复活的营养。

太阳光！我为晌午的太阳而欢呼。天星抓起枕头要堵住从窗户里漏进来的那几炷香一样的太阳光，我爬起来拿下了枕头。我对我的一丝不挂一点儿也不难为情，我和我的爱人在一起，为什么要羞涩？我病在秋天里，躺在晌午的太阳里，几炷香似的太阳在我的乳房周围在我的那个地方抚摸，顺着我的头发一直抚摸下去了，我感觉到天星的手雪一样晶莹，他的抚摸就像钢笔在纸上书写，白纸黑字，记录得真真切切。他抚摸着我的脸颊、嘴唇、脖颈，他的手指很有分寸地抚弄着两个乳头，他把圆圆的太阳光

214

抹匀在我的乳房周围抹匀在我的那个地方了，我似乎能看见我的阴毛上挑着匀称热情的太阳光，我的血液在舒适的太阳光中茁壮成长。我呼喊着叫他快来，快快放进去。我把太阳光喊乱了，可是，他却不，他就是在那天的晌午说，要等到我长大以后。到那时，他天天和我做爱也无所谓。你是不是要等到今天？等到我28岁？等到我进了棺材？大概，是他的思想露头了，思想出来干涉肉体了。他把理想带进了和女孩儿的做爱之中，因此，即使他进入了我的肉体，我也怀疑他是不是快活。男人和女人交织在一起只剩下两具肉体的时候才是真人一个，才具有人应该具有的人性，这些话，他会书写，会说出来，却不会实践。因此，他的软下来是在瞬间，是难以设防的。我抓住他的那个不停地抚摸、揉搓，以至把它唤醒，使他恢复人的面目，具有一个真人应该具有的本性、力量和面孔。

后来，我们就泡在爱河里了，我们不光是属于夜晚的，我们偏偏要在白天做爱，在太阳光中做爱，让太阳光把我们的肉体和和思维照亮、穿透。我常常舒服得要死，那时候，我还没有意识到快活和死亡是孪生姐妹，是手拉手的好朋友。

1989年的夏末初秋，躲进桃花山的牛天星和他18岁的女学生，一个叫做南兰的风流姑娘沉浸在肉体的欢乐之中，给他的人生留下了深刻的记忆。天星在回忆往事的时候会不会这样写上一笔？不可能的，在他的笔下，"躲进"会换成"逃避"，"欢乐"会改成"堕落"的。我知道他，他是这样的一个男人，做爱对他来说不是享受，而是绝望后的宣泄。他喜欢我，很喜欢，我不可否认他的爱，他的爱具有力度，像绳子一样把我束缚住了。

我比天星更喜欢我自己，我的两条腿富于美感，我的臀部丰满、紧凑，我的乳房结实、欢乐，我的皮肤白皙、滑润。我很性感，充满情欲，渴望做爱，对于好色的男人来说我是一个蜜罐子（男人好色有什么不好？不好色的男人不是木头就是很阴险，这很可怕的，我现在又一次告诫女孩儿们）。我会爱人的，用肉身子爱用心爱，我身上爱的细胞大概比其他女孩儿多得多。我在我的自画像里把我的容貌和精神全画出来了，可这又顶屁用！我还是早早地死去了，我真的不想死。那么大的世界，为什么不能容纳我？因为我放荡（这是你们的观念）？因为我魅力无穷？因为我和环境格格不入？没有原因。

我死了，九月的太阳照常升起，桃花山里的人照常活人过日子。冉丽梅和田登科终究活得人模人样了，而姑姑和姑夫到死也不会像他们两口子那样风光的。所以，我说天星，人是不可拯救的，你不要想拯救谁，你连你自己也拯救不了。不要说拯救，就是要改变一个人也是很困难的。世上的人都朝一个方向拥，你拦得住吗？你就是跳进深不见底的黑水潭或者从悬崖上扑下去，又顶什么用呢？你是在1999年，而不是在1989年，1999年的桃花山人和1989年的桃花山人大不一样了，你连这一点都感觉不到吗？你苦恼那么长时间，毫无意义，你折磨自己还不如再去勾引一个18岁的女孩儿，她至少会使你愉快，会使你留恋人生，滋生希望。我跟着你来到桃花山是为了见你，是为了拾起10年前的美好时光再看一看，真的，我还想和你做爱，和人世上的人一样享受生活。我要叫你用肉体记住南兰28岁了，28岁的女人和18岁的女孩儿是有区别的。你试一试就知道了，感觉变了，感情也变了。

11　牛彩芹

"晌午端了，我回去做饭吧。"

"再干一会儿。"

杨长厚抬起头来看了看太阳。天空上的太阳是一副公允的样子，悬挂在中天，像个经纪人。

杨长厚将抡上去的镢头落下来了，他朝我摆了摆手，叫我回去做午饭。长厚干活儿没有耐力了，他一进地就瞅太阳，你瞅啥瞅？你也知道太阳在走，太阳有端正的时候，也有西斜的时候，我以为你不知道。我就想，你狂，你和冉丽梅狂去，咋狂不动了呢？为女人的×活着的男人是最没能耐最没出息的，是最可憎最可悲的。不要以为你多睡了几个女人是有本事。

我说咱下山吧，回到老家的平原上去，咱还把骨头撂到山里呀？长厚说，下就下，长厚说他也熬得受不了了。这话他没说错，在山里活人过日子就是苦熬，人的生活和周围人切断了，孤独地守着几座山几头牛几十亩地。人是耐不了寂寞的。像长厚这样的男子尤其耐不了寂寞，他是没有路可走了才苦熬，熬得时间长了就变得孤僻了，暴躁了。那一年秋收后，我和长厚吆着几头牛，带着一身子的疲惫回到了平原上。

下了山还不到一年，长厚的老毛病又犯了，他离开了冉丽梅却又沾上了赌，三天三夜不下赌场，他把在山里抠挖出来的血汗钱差不多输光了。他老抱怨老家的人赌牌不讲规则，没有方圆，没有礼数。我就想，赌牌还有什么礼仪可讲？赌牌本身就很荒唐，是利益的争夺，不头破血流才怪哩。我到了赌场上，一把将牌桌给掀翻了。我说长厚呀长厚，你不用再赌了，你把大半生都押进去了，你老是输，就很少赢过，你别想再做赢家了，这不是手气不好，也不是你的牌艺不精。富贵在天，生死由命。你五十多了，还不认命？认命吧，你的一生将是什么结果，早就确定了的，你挣扎也罢，不挣扎也罢，你就是出力流汗也罢，吊儿郎当轻轻松松也罢，到头来，你最终绕不过那个结果。人生是一个大圆圈，你逃不出它的轨迹，冥冥之中有一种你自己也捉摸不定的东西在左右你，使你难以逃脱。这不是宿命，这是别人的一生给我提供的经验，我目睹过不少人是这么过来的。你未必不懂人情世故，你上了赌桌就把人世间整个儿丢在脑后了，你的骨子里是一个顽固的赌徒。

长厚输光了，他不得不和我又上了山。到了桃花山，我们拼命地出力流汗，向土地要粮食，挣到手的钱还没有暖热，长厚又要下山去了，下了山，他又去赌，再赌再输，再上山。我说他大半辈子在一个圆圈上绕，他还不相信。尽管他的力气大不如以前了，可他的想头还很茁壮，只想两件事：上赌桌，赢一回；爬上冉丽梅的肚皮把她再弄翻一回。这两样事，他都是空想。该到死心的时候了，他还不，这就是他的不幸了。男人大概和女人不一样，女人一旦死了心，就是灵丹妙药也是很难救活的，越是强悍的女人越不容易受打击，强悍的女人一旦被击倒就很难爬起来了。我死心了，认命了。

我行走在云朵遮出的阴凉中。蓦地，几只鸟儿从草丛里抛上了天空，清亮细腻的云朵被鸟儿的翅膀剪成了一缕一缕的，天空亮了，天际间宽阔而大度。我先是听见了她的走路，尔后才看见了她的背身，我从她的长毛辫子上一眼看出来她是南兰。我屏住呼吸，全身绷紧了。刚才，她还在坡顶和我说了几句话，我一眨眼，她就不见了，现在，她又来了。我想避开她，可是不行。我正琢磨是向前走还是回到地里去。她就站在我跟前了。她的身上好像携带着一束亮光，使我无法躲闪。

"姑姑，得是我吓着你了？"

"没有呀。"我说，"南兰，跟我回草棚里去。"

"我在等天星，他一会儿就从202工地上回来了，我就在这条路上等。"她问我，"你知道你的侄儿为啥要进山？"

"不知道，我也不想知道。"

"你没有问他是对的。我告诉你，他这次进山来是和我来约会的。"

"真的是这样？"

"真的。"

"他的变化太大了。"

"是的。他糊涂，他太孤独了。他的同学有做了小官吏的，也有做了大商人的，他什么也做不成，连文章也做不成。"

"你得好好开导他。"

"不用开导，他自己会改变的。"

南兰叫我回去做晌午饭，她说，天星就要回来了，她在这条路上等他。他要回桃花山，必然要从这条路上走过去的。我端详了南兰几眼，她和10年前没有多大区别，只是更女人气了，那妖媚、骚情没有变，那单纯、善良没有变。她活着，活到了28岁。

我告别了南兰，回到了草棚里。

长厚回来时，我连面也没有和好，一碗面里，我加了半碗水，把面和成了稀糊汤；我只好又向面盆里加面。我听见长厚进了院畔，面手还没有从面盆里拔出来。我不想知道天星什么，不想问，也不想听他说。天星毕竟是我的侄儿，我不能不操心他。他背着书包从学校里回来了，他的鼻子周围他的嘴唇上满是血。打架了？我问他。他说是。是人家娃娃先动手。他说，他没有先动手；他先动手会把他打倒的。天星从小就是一个很懂事的孩子，他反而常常吃亏。

我给天星说……

12　杨长厚

"彩芹，你和谁说话？"

"没有和谁说话呀。"

"我走进院畔时就听见你说，你和平平常常的人一样活人过日子有啥不行的。你这话是说给谁听的？"

"你听见了？"

"声音那么大，谁还听不见？"

"我是在心里说话哩，你也听见了，真是怪了。"

和天星相比，彩芹差得远了；彩芹把憋在心里的话往往会说出来的。心里的话只能闷在心里，自己消化，或者诉说给自己听。天星就是这样的一个男人，我看得出。他心里有许多话，硬是不开口。这一次进山来，不比 10 年前那一次，他心里的事很多，话却不多。他装着，不说。他进山的第二天就在后沟的坡地上坐了半天，他是给坡地里的庄稼说话？给山里的蓝天土地说话还是给自己说话？他坐在那儿动也不动，如沾在天上那团窥视大地的白云。我的生活和他的生活无干，我不想问他啥，心里活路很多的人，你就不要问，问也是白问，他们宁肯把自己的心思带进坟墓里去也不会吐露的。10年了，我看天星的生活不会有多大变化的，没有发财，也没有做什么官，他只是老了些，是个输家，老是输。人一辈子老是输，那颗心可就淹进药锅里了，那苦味儿只有自己知道。谁不想赢？我的心没死，我总得赢一回，风风光光地赢一回，风风光光地当一回庄家，这样，死也瞑目了。其实，人的想头就这么简单。

13 牛天星

是的，毫无意义了。你的任何举动都将失去意义，向前走一步也罢，向后退一步也罢。你的人生变成了没有观众的演出，这才是最悲哀的。因为你被遗忘了，被你敬重过的人被帮助过你的人遗忘了。雷雨倾盆也罢，毛毛细雨也罢，在人的心里并没有留下湿地，连个湿印渍也没有。才10年，竟然遗忘得这么快！难怪历史在一些人那里变成粪坑，想拉什么就拉什么。遗忘和失去兴趣、不再关注这些字眼的意思差不多，我抚摸着10年前，抚摸着陌生而熟悉的面孔，抚摸着陌生而熟悉的桃花山，抚摸着自己，对自己说，不必那么悲观和绝望。如果有人现在还想做以血醒世的谭嗣同，会被认为神经不正常，或者说是一个可怜虫。这个时代的主旋律已不是百年以前，奢侈的享受疯狂的享受已经成为时代风尚。不论城市也罢农村也罢平原也罢山区也罢，欲望无孔不入，四处张扬。回去吧，回去好好地想一想，你的想法总比变化了的境遇慢一拍。

我离开了已经很气派很辉煌的202工地。202工地对每一个不同阶层的人表现出来的同样的亲切令人吃惊，可见，"工业"的魅力有多么灿烂，连田登科那样的农民也成了"工业"的既得利益者，更不要说吃"阳阳草"的那种人了。

我问田登科，山门口的人还吃被202工地污染了的水吗？田登科说："还吃，习惯了，就没事了。牛吃了那水也不拉稀屎了，女人也不胡骚情了，男人也有劲道了，把女人能弄受活了。"

"习惯了？咋习惯的？"

"习惯就是惯出来的，时间一长，人就惯出来了，人的毛病也是惯的，况且是吃水，脏水吃惯了也觉着不脏了。"

"现在，山门口人也不和202工地上的人闹事了？"

"这年头，谁还闹事呀？人都各自奔各自的光景，谁还思谋闹事？人心散了，再也拢不到一块儿了。再说，你去闹事也不能顶票子花，你闹一天，没有人给你开工钱。"

田登科说得很实在，一点儿也不夸张。10年前，山门口人为了吃水还闹得不行，他们保持着山里人的脾气和个性，为了改善自己的生存境况，天不怕地不怕，豁出去了拼。而10年后，他们就习惯了，这就叫滴水穿石？这就是时间的力量，这就是习惯的力量。把问题留给时间去处理吧，这是个好办法。我听说，202工地上的头儿真会来事，他们花钱买通了带头闹事的农民。农民有几个钱就屈服了，就不抗争了。没有了带头人，农民就成了一盘散沙，他们不再闹了，污染的水照样吃，照样去工地上干临时工。

离开 202 工地时，我的心情轻松了些，一块悬着的石头快落地了。再不要想拯救谁了，你把谁也拯救不了的。一个我在告诫另一个我。

上了通往桃花山的那一面坡，我仰躺在青草地上。远处的山峰孤立在一片雾霭之中，蓝天深邃高远，晌午的太阳忠诚地守望着连绵不断的山峰、大地，青草的气息好像细雨一般飘飘洒洒，又像人的呼吸敷在我的脸颊上，痒痒的。我伸出手臂去脸上抚动，我觉得，我的手被谁拉住了。我再一次动了动手臂，我的手确实是在人的手中。我要爬起来，另一只手臂按住了我，我吃惊了。

"你是谁？"

"南兰。"

"南兰？南、兰，兰？"

我一侧身，看见了躺在我身旁的南兰，是她，是南、兰。

"我是你上山那天跟来的。"南兰说。

"是我把你送到另一个世界的。"我说。

"哪里来的那么多罪恶感？"南兰说，"我不是来叫你自责的。要说内疚，我和你一样。你看重的是贞洁，而我临死前也没有勇气给你说我不是你所理想中的那种处女。"南兰说。

"你是最理想、最贞洁的。"我说，"咱不说那些好不好？"

"对，说现在。我盼望你好好地活着，不要折磨自己了，按你的生活方式活下去。后悔什么？"

"我不后悔，我只是想逃避。"

我又看了看南兰，她用一只手捂住了我的那只假眼睛。

"大概是你的那只假眼睛在作怪，看什么东西都是一半儿假一半儿真。你被迷惑了。"南兰说，"你逃避不了，永远逃避不了。勇敢地面对现实吧。"

"不是那样的，南兰。"我说，"这是一个充满虚假的世界，假人假钞假商品假感情假思想假情欲假权力假政治假风景假历史假文物，连做爱也掺假，而我的这只眼睛常常以假对假，看出了真实，而那只真眼睛恰恰被假的迷惑了，看出了假象。"

"你看我，是假南兰还是真南兰？"

"真的，从头到脚都是真的。"

"你在说假话了。"

南兰搂住了我的脖颈，她说，"是真的就再爱我一回。"

南兰将外套脱下来，铺在青草地上，她给我解开了纽扣，我也脱去了上衣，铺在青草地上，她用手把两件衣服抚平后，躺在衣服上了。她抹下了裤子。白亮白亮的太阳下，她的小腹和大腿曲线流畅，光洁照人。圆圆的肚脐眼仿佛水涡打了一个漩，上身的曲线匀称地流到那肚脐眼里面去了。她用手将贴身的线衣卷了卷，浑圆的乳房便裸露了。她伸手抱住了我的头向下拉，我俯身向她，把嘴巴贴在她的乳房上，10年前美妙的感觉电流一般通过她的肌肤传给了我。我的心跳在加快，浑身燥热难耐。南兰说，紧张啥？放松点，你就权当吆着一群羊在坡地里跑哩。我在她的乳房上吻了吻，咂住了她的乳头吸吮，她用手抱住了我的腰，我把头埋进了她的乳沟中，仿佛跳进了温热的澡池里面，仿佛徜徉在春天的田野上，仿佛读了一段优美的散文。她把我越抱越紧，我把她卷在了身下，进入了她的身体，我像松了缰的马在草原上奔驰。南兰的双手抓进了青草地，她扭动着，呻吟着，叫出了声。我像10年以前那么优秀？这简直是我自己也没有想到的。狂欢过后，她说，你再不要傻了，回去，明天就回省城去。

224

我说："我听你的，南兰。"

"叫兰。"她娇滴滴地说。

"兰、兰、兰……"

我觉得，身底下的草地站起来了，像人振奋的手臂，伸向天空。

14　杨长厚

我扛着镢头向回走，该吃晌午饭了。我抬眼一看，有一个男人和女人在青草地上翻滚儿。我以为是南沟那两个放羊的，你们活得倒飘（美）呀，想在哪里日就在哪里日。我本来想顺着塄坎一直走下去，走向院畔的。我被坡地里的一男一女牵动着，脚步换了个方向，从核桃树旁边向那草坡走。等走近了一看，草坡上并没有什么一男一女，只有天星一个躺在太阳底下，看着天空发呆。我没有叫他，他也没有觉察到是我。没治了，我以为我没治了，没想到，牛天星这个城里人也没治了。他是自己给自己找麻烦。作为一个城里人，他和时势沾得那么紧，也算是受益者，还有啥不心满意足？女人？钱？权力还是房子？这几样，难道他都缺？你的想法和我大不一样了，我只想赢一回也办不到。你不要狮子大张口，什么都想要，我们这样的人和你嘴里说的"文明"时代没有任何关系。你想想，什么电脑、电话、女孩儿、歌舞厅、星级宾馆、美味佳肴、高档小车、主席台就座、记者采访、首脑接见和我们这些人有啥关系？我们给这个时代创造财富，财

225

富远离了我们，我们不照样活着？你整天在思谋个啥？人就是这样，欲望越单纯越活得愉快。欲望像地里没取开苗的谷子一样稠，人就很难受。我真他娘的活得没劲道，人在地里劳动，心里有什么东西在搅和，搅得我难以安宁。而我只能自己安慰自己，自己说服自己，算了吧，回去吃饭去，填饱肚子，暂且啥也不想了。其实，我的想头不过是"初级阶段"，简单得很。

15　牛彩芹

　　天星这次进山来总算了却了一桩心愿：他将南兰穿过的几身旧衣服埋在了山坡上，起了一个坟堆，并立了一块石碑。石碑的背面刻写着他和南兰 1989 年来桃花山的事情，刻写着南兰被医院贻误而去世的事实。这就是古人所说的衣冠冢吧。那天，立好石碑后，天星抱住石碑大哭了一场。我没有劝他。他哭得坡地里的树叶纷纷坠落，哭得太阳成了血红色。他在石碑前坐了一个下午，午饭后一直坐到了太阳落山。为了买这一块墓地，天星给了松陵村两千元。他说，人家要两万元，他也给。他太爱南兰了。10 年了，还爱着她。

　　——我给天星说，你，你和平平常常的人一样活人过日子有啥不好？

　　天星说，姑姑，你看，我和平平常常的人不一样吗？

　　说他不一样，也一样。我岔开了话说，逛几天就回去吧。

　　"我明天就回省城去。"天星从 202 工地上回来后给我说。

我没有留他。这件事该不该给他说？还是不说好。我知道天星是一个情种，可他不年轻了，不能一辈子老拴在一个"情"字上。假如我说我见到了南兰，也许天星非要在这里等南兰出现不可；也许，他到今天也没有忘记她。情浓的人活得最苦，得到的很少，情硬的人才会拥有财富和权力。心肠太软成不了大事，这是明摆着的事情。由此判断，天星这一辈子不会拥有什么的，只留下了一个"情"字像衣服一样穿在身上。人争争斗斗，强取豪夺，总是为了得到什么。有钱有权的人想长寿，穷人想富裕，有病的人想健康。人把什么东西都得到了，也就没多少味道了。来了去了，人就这么简单。

　　天星问我是不是常去202工地？

　　我说："常去的，那里有个大市场，我们去买盐买油买衣服，去年春天，那个市场被山里人袭击，放火烧了，我们也去得少了。"

　　"烧了市场？是咋回事？"

　　"田登科没有给你说？"

　　"没有，他只说了他的生意。"

　　"市场建起来后，在山里招了十几个女孩儿，都是十六七岁的娃们。娃们先后都怀孕了，也没去做手术，今年春天，她们生下了些怪物，不是长豁嘴的娃，就是长六指，还有阴阳人，有两个长着尾巴，有一个没有肚脐眼。这些娃们的父母找202工地的头儿去说理。头儿们没有理可说，他们就纠集了山里的人，拿上猎枪，袭击了市场，放了一把火。"

　　"有这么回事？田登科咋不说呢？"

　　"他大概觉得没必要。"

　　"这也不算啥怪事。人们的欲望被挑起来，挑得老高老高，人都流口水了，就是找不到搁置欲望的地方。所以，人就变了，变得无所顾忌了。"

"这全怪该死的 202。"

"我去看了看，也不全怪 202。冉丽梅两口不算 202 的人，不是也变化很大吗？"

不是说山里人驯服了吗？乖觉了吗？他们依旧在闹？这里面肯定有很深刻的原因的。天星仿佛是自言自语。

16 牛天星

其实，山里人放火烧市场的事我是知道一点的。当时，我从一家小报上读到了一篇报道，报道得很简单，只是说，凤山县一个山区乡镇的一些不法分子放火烧了某企业的一个市场，带头闹事的几个人已被公安机关拘留了。姑姑对这件事也只是轻描淡写地说了说，似乎这件事与她的生活无关。田登科只关心口袋里的钱，当然不会说这件事的。我在 202 工地上的一家餐馆吃饭，餐馆的老板是个年轻人。我问他生意咋样？他说还可以。他说，多亏了三保，不是三保，他进不了这个市场的。我问三保是谁？他说，你不知道，就是在市场上放了一把火的那个小伙子。我问他，三保为啥要放火？他说，把人逼急了，不放火能行吗？我说，三保现在呢？他不愿意再多说，我就不好追问了。我在 202 工地上再次打问才知道，那十几个女孩儿沦为 202 工地上有钱有权人的玩物之后怀了怪胎。他们的兄弟父母不止一次地上访过，到过西水市，也到过省城，可是，问题没有得到解决。于是，一个女孩儿的哥哥——那个叫三保的年轻人便带头闹事了。三保被判了刑，十几个女孩儿回到了山里当了农民，事情就这么了结了。

我不赞赏暴力。以暴力对付暴力不是最佳方式。那些有权有势的人不能把老百姓逼急了，老百姓无法可施，就要采取暴力了。这是谁也不愿意看到的——这也是山里人变化的一部分，山里的变化不只是田登科有了钱，冉丽梅只盯着钱。山里人的变化是多方面的。回来的路上，我就想，我不能老是沉浸在对南兰的情感之中，我要解脱出来，把目光转向老百姓。我们这些人，整天囿于个人的小天地，在城市里寻找"典型"。生活中的"典型"多的是。这放大的三保是不是一种典型人物呢？有机会，我要见见他。

我给姑姑说了我的想法。

姑姑一笑：你又是杞人忧天。

17　牛彩芹

冉丽梅一进院畔就破口大骂，骂南沟村的邱支书。南沟村的人都知道，他们的村支书说是结婚，实际上是娶二房。这女人是邱支书从一个小伙子手中强夺来的。听南沟村的人说，小伙子是和他的媳妇一同进山的。邱支书收留了年轻的小两口，他先是小恩小惠，后来，就把五十多亩地给小伙子，叫他去种。这地是不能白种的。邱支书先是强占了小伙子的媳妇，后来就开出了条件：以土地换女人。小伙子出于无奈就舍弃了媳妇。五十五六岁的村党支部书记和二十八九岁的女人要结婚，山里人没有敢不去送礼的。

我说："冉丽梅，你不要骂了，咱们在人家的地盘上种地，咱不送礼，人家就会找麻烦的。"

冉丽梅说："我们种松陵村的地，没种他姓邱的地，他为啥要叫我们去送礼？"

我说："连松陵村的人也上山来送礼了，你还有啥说的？谁不知道，邱支书是山大王？"

冉丽梅说："他夺了人家的女人，还要我们贴上钱，狗日的，不是好东西。"

我说："是咱自愿送的礼，人家没来上门收。咱不送能行吗？"

冉丽梅说："也是。谁叫咱是平头百姓。你给天星说，叫他好好干。只要当上官，想要什么，就有什么。"

我说："天星能当官，连山里的牛和羊也有官衔了。咱就不指望当官了，只要平平安安就算有福气了。"

送出了一百元冉丽梅冤枉得捶胸顿足。她不常下山去，这事情，在山外是很普遍很正常的。就是这世事了，你还抱怨什么？默默地承受吧。

18　冉丽梅

这几天，我那里老是痒，痒得受不了，从昨天开始流白带似的东西，又不是白带，比白带黏稠，发臭，难闻。果真是惩罚？果真要烂了它？果真北坡再不能去了？果真是上苍警告我？我今天照样去，如果我不去，我就挖不回来这棵"阳阳草"了。烂了叫它烂了去，惩罚叫它惩罚去。我对自己说，不要害怕，我不相信神鬼，只要有钱，阎王爷也能买通的。再说，我这几年也没白活，所以我不怕。

天星一看我回来了就问我："你挖的是什么东西？"

我说："阳阳草"。

"干什么用？"

"药，一种药，男人吃了能上天的那种药。"

天星说他读过《本草纲目》，书上没有那种药。

我说："你呀，真是个书呆子，张口闭口书上怎么说，你不信，吃几口试一试，家伙儿不硬才怪哩。"

牛天星笑了。他说，那种事，靠药物能成？他说他不信。

我说，我没强迫你信，我说，你一辈子不吃"阳阳草"就白做了一回男人。

他说，我吃了那东西，也是白做男人。

不行，还是痒得不行。今晚上，我得叫牛彩芹来看看。是不是烂了，我再也不能去北坡了？是不是我的钱路要断了？是不是灾难要来了？对于老百姓来说，灾难往往从天而降，防不胜防。我分明感觉到，灾难就要来了。唉！我内心里还是怕。我不能骗自己。

19 牛彩芹

天星要回省城了。我要送他一程，他不要我送。我说我还有话对他说。我和天星上了平岭，我鼓起勇气说："我见到南兰了，不是在睡梦地里，是在大白天。"

天星只是回过头来看了我一眼，也没有惊奇的神色。走了几步路，他才说："我也见过，也是在大白天。"他可能怕我不相信，又补充道，"是在昨天晌午，我见到了她。"天星恐怕我不相信，又说："我们是约好在桃花山相见的。"

听天星的语气，好像这10年来，他是和南兰生活在一起的，他说得很平静。我还能再说什么呢？我和天星在平岭南端分了手。我目送着他下了平岭的坡。他走了，仰着头，步子迈得很大。走到黑水潭跟前，他站住了。他站在黑水潭旁边，一动也不动。我也站住了，我的心不由得怦怦而跳。但愿黑水潭是一面镜子，但愿他在黑水潭里能看见自己：面庞消瘦，两鬓斑白了，那双忧郁的眼睛石头一样投进了水中，潭水被他的目光哗哗地拨开了，他看见潭底有干净的石头，在水的深处有一个恬静安谧的世界。他摇晃着，张开了双臂，向上一跃，一个很优美的动作在空中一划，他好像扑进了黑水潭，黑水潭痉挛了一下，平静了。我喊了几声，话一出口就被粗暴无理的大风吹得七零八落，我看见秋风很厉害，像堆在院子里的积雪一样，我看见我的喊声柴草一样乱飞。我的眼前乱糟糟的。

我再次定睛看时，天星从黑水潭里升腾而起了。他不可能扑进黑水潭的，他不可能那么脆弱。我知道他这次进山是来寻找当年和南兰走过的足迹的。

天星走在下山的那条崎岖不平的山路上。这和我10年前看见的他的模样没有多少区别。当时，他从凤山县法院里走出来，就是这样走在街道上的。我问他怎么样？他说，这场官司咱打不赢。

天星从一个护士口中得知，南兰死在手术台上是医院里的领导失职造成的。南兰是大出血，需要补血，可是，血库里却没有南兰那种 AB 型血。妇产科主任从手术室里冲出来去找院长，院长没有在，一个副院长告诉这个主任，院长被一个病人家属请去吃饭了。妇产科主任又找到了凤鸣酒楼，酒楼的老板说，院长大概去歌厅了。她又找到歌厅，歌厅里的一个主管说，院长刚走了。等妇产科主任找到院长时，南兰已经奄奄一息了。院长回来后，叫医院里 AB 血型的职工献血。等把献的血拿到手术室时，南兰永远地闭上了眼睛。她的血流干了。

　　是我和天星一块儿找院长的。

　　当时，天星很暴怒，他一见到院长，一把将他从沙发上提起来，天星骂道："狗日的，你们不是草菅人命，是干啥？"天星问院长，血库里没有 AB 型血，你知道不知道？院长说不知道。天星说："你知道啥？只知道吃喝玩乐？只知道收病人的红包？"院长说："说话要有证据，这样乱说，我要告你诬告罪。"天星冷笑一声："你杀人连眼都不眨。还要告我？南兰的死你要负责！"院长说："我负什么责？和我有什么相干？"天星说："血！血库里为什么没有 AB 型血？"院长说："这是医院里的业务，没有必要和你说。你认为我有责任，可以去告，我奉陪到底。"天星冷冷地又骂了一声："狗日的，冷血动物。"

　　就在这时候，冉丽梅和田登科进了院长办公室。冉丽梅一进来，抓住院长大叫大哭："赔我们南兰！你赔我们南兰！"院长一看这个疯疯张张的女人躲闪也躲闪不及。冉丽梅用双手在院长身上乱抓，用头去院长身上乱撞，院长赶紧向后退，一直退到桌子后面的一个角落里。田登科扑上前去，像拎麦捆子似的将院长从角落里拎出来，他厉声问院长："你说这事咋办呀？娃年纪轻轻的就把命撂在你们医院里了。你们这是治病救人的地方，娃的命在你们这里咋连一只鸡都不如呢？你只说一句话，是不是没有血，把娃耽误了？"院长看了一眼这个满脸凶相的农民，一声也不吭。田登科一挥拳头，院长被打了个趔趄，眼镜掉在地板上，镜片也摔碎了。我一看，怕这愣头愣脑的两口闹出事来，急忙拦住了田登科。田登科说："我真想用骟驴的家伙在你脸上来两下。"我说："登科，先不要发躁，叫院长说，这事咋办呀？"院长说："你们说咋办就咋办？"我说："现在人也埋了，娃也没了，我们只要求医院的领导站出来说，这事是由于你们的失误造成的。"

院长一看架势不好，说："按医院的规定，如果是院方失误了，给病人的家属一定的经济补偿。"天星说："你以为钱可以把人命买回来吗？钱比人命有分量，得是？你们拿人命当儿戏，给几个钱就了事？这是你们惯用的手法，得是？我们不要钱，我们要你公开承认——你犯了罪。"田登科打断天星说："不，一分钱也不能少，该赔多少赔多少。你们犯的罪也要承担。"院长低下头不吭声了。田登科果真举起手要扇院长耳光，冉丽梅也摩拳擦掌地要打。院长突然高叫几声："杀人了！"隔壁院办的几个工作人员都被惹进来了。几个保安随之也进来了。院长一看人多势众，又拒不承认南兰的死是他们的失误造成的。我一看，和院长再也无法谈下去了，我拉着天星的手，向外走。

当天，天星就把凤山县医院的院长告到县法院了。天星一连向检察院跑了几趟，回答是一样的：证据不足，不予立案。后来，天星才告诉我，南兰的病历被篡改了，大出血被改成了产前高血压。法院里的一位熟人告诉天星：医院里的医护人员没有一个人站出来说南兰是由于血库里没有血而死亡的。黑的可以说成白的，假的可以说成真的，这样的事，大概天星经见得多了。他知道，他是告不赢的，他是少数，人家是多数，他在强大的权力面前是很脆弱的。天星是明白人，他没再去告状。

我以为天星早就死了心了，没想到，10年后，他又进山来了，可见，他的心没死，他依旧在惦念着南兰，南兰之死大概一直在折磨着他。由此，我可以告慰南兰：你的血没有白流。人是有灵魂的。也许，南兰的灵魂知道，有一个叫牛天星的男人永远怀念她。

不可忘记!

牛天星没有忘记，他和南兰的孩子没有忘记。这种感情是弥足珍贵的。人只有不可忘记，或者才有目标才有信心。为了南兰，天星会活得更好的。

天星走在山路上。走过了那一段平坦处，天星爬上了一面坡。我看见，晃动的不是天星的背影，而是他周围的青山。山动起来了。山像人的血一样在沸腾。